THEODORE BOONE
The Accomplice

西奧律師事務所

暗夜的共犯

John Grisham
約翰·葛里遜 著 玉小可 譯

遠流

【推薦文】
不單純的法律小說

「P律師：漫畫法律人生」粉絲專頁創作者　**P律師**

我還記得，人生第一次讀完的法律小說是約翰．葛里遜的《禿鷹律師》。

那年高鐵剛開通，我一大早就跑到高鐵車站排隊買試乘半價票，爲了準備長時間排隊，我買了這本小說帶著看。那天站著排隊應該五到六小時，但我一點都不覺得無聊，因爲完全沉浸在小說裡而忘了時間。作者約翰．葛里遜被尊稱爲「全美最會說故事的人」，確實如此，我到現在還記得那本小說如何生動描述律師爲了錢是如何捨棄道德，美國律師又如何極致運用集體訴訟制度。

揮別學生時代，開始做律師之後，常常碰到當事人或朋友不知道或不清楚法律觀念與實務，讓我決定畫法律題材的漫畫，讓一般人透過幽默圖像而更願意去接觸法律與學習正確法律觀念。

讀了約翰．葛里遜的《西奧律師事務所7：暗夜的共犯》後，驚嘆作者以好看的故事幫助讀者開拓法律新視界，讓青少年在讀小說的同時，不知不覺有了法律的意識，無形中學習法律的思考。

例如本書主角西奧的好友伍迪因被逮補而面臨保釋金問題，法官說伍迪如果想出獄，就必須付保釋金，否則就繼續待在牢裡。美國保釋金制度是爲了確保被告會出庭受審，而要求被告交付保釋金。而作者透過流暢的敘事，不僅幫助讀者了解美國保釋金制度，也引導讀者思考保釋金制度有無必要？有無不公平的地方？保釋金是否代表有錢就可以換自由，而沒錢的被告只能認命被關？是不是有改正的空間？

此外，本書也寫出法律實務，例如西奧的父母試著解釋自己不是刑案律師，也不在少年法庭這個領域。這告訴讀者，隨著社會發展，律師也是有專業分工的，要找律師前，須先了解律師的專業是否切合案件問題。還有本書寫到法官看起來疲憊不堪，整張臉寫滿了累，刻劃了司法過勞與法官時間（耐心）有限，一般民眾上法院開庭陳述時千萬別滔滔不絕，否則適得其反。

這本書不是單純的青年小說，而是提供青少年讀者兼具閱讀樂趣與法律知識的小說，本人P律師讀完全書二十五章後，樂於推薦之。

【推薦文】

懂法律的孩子，更有機會保護自己和家人

新北市淡水國小校長　吳惠花

非常開心收到遠流【西奧律師事務所】系列最新一集《西奧律師事務所7：暗夜的共犯》要出版的訊息，由衷感謝作者約翰．葛里遜能持續為孩子書寫精彩的法律小說。

這一集同樣以嚴肅法律為議題，但作者就是有魔力讓讀者一頁接一頁閱讀停不下來，緊湊的劇情與引人入勝的細節描繪，勾起閱讀者的好奇心。

故事以西奧的好朋友伍迪．藍柏開始：「伍迪獨自坐在一輛巡邏車後座，感覺非常渺小，他的雙手也被銬住，手銬緊貼著手腕，非常不舒服。不過此時此刻，手銬帶來的一點疼痛應該不是最大的問題。」我相信那種無助，多半源自於我們對法律的陌生。西奧的好友伍迪因為一場突如其來的指控而遭逮捕拘留，西奧很擔心他，想盡辦法要幫他，一場保釋戰旋即展開……

懂法律的孩子，更有機會保護自己和家人。讀者可以隨著西奧身邊的人事物之遭遇，非

常自然而然地習得一些法律與法庭相關常識。這本書改變了很多人對法律「無趣」、「複雜」的第一印象，事實上，從閱讀過程中，甚至可以說法律其實不需要背誦，也不是用來應付考試，它是因應生活而產生，是用來保護自己的。這本書不像一般的犯罪推理小說，故意塞進很多梗讓讀者去猜，反而先將問題攤開，在解決問題、找出罪證的過程中，帶領我們去了解法律的知識與流程。

本書淺顯易懂、生動有趣，不僅是法律人的必讀，也適合作爲國小高年級以上青少年的法治教育讀物。

【推薦文】

找到熱情，就能避免遺憾

律師娘　林靜如

最近身旁好友就讀國中的孩子，因為一時的衝動與誘惑，和同學犯下了刑案，讓我心中頗有一些想法。因為我自己的大兒子目前正經歷國小五年級的前青春期，情緒與想法也開始跟我過去和他相處過程所認知的漸漸有了轉變。

而我這位朋友孩子所犯的錯，不湊巧的，剛好與律師先生在兒子三歲時所辦的一件案子有些雷同。還記得當年我協助先生處理案件時，看到那位當事人正值被荷爾蒙操縱的青春期，所犯的錯似乎可以理解，但偏偏又踰越了法律的界線。年少的他有著大好前程，只是家庭的破碎讓他出現許多反叛行徑，想要表達對父母的抗議。最後，這個案件由他父親拿出和解金來解決紛爭。

「我眞擔心兒子青春期時也會犯下同樣的錯。」當時我是這麼跟先生說的。時隔多年，沒想到身旁好友得先處理這樣的人生議題，而我也沒把握自己是不是會步上他的後塵。

就我所知，這位好友的孩子做出行爲的當時，並不知道自己所做的其實是犯罪行爲，畢竟青少年因法律常識不足，很容易誤觸法網，但也有很多不至於觸法的偏差行爲，其實是這個時期的他們爲了證明自己長大而出現的。

在《西奧律師事務所7：暗夜的共犯》這本書裡，主角西奧爲了幫助朋友，再一次透過自己擅長的法律追求正義，我特別喜歡這樣的橋段設計。其實，這個年紀的青少年需要追求同儕的認同，又必須達到自己想要的價值觀，如果找到自己的熱情所在，就能扭轉許多可能發生的遺憾。

非常推薦家中有青少年的親子一起讀這本書，相信彼此對於行爲的正當性都會有很深的體悟。

【推薦文】

用一本書，拉近孩子與「法」的距離

全台最大教師社群創始人　溫美玉

走廊奔跑撞傷人、全班一起嘲笑人、人高馬大威脅人……校園，是孩子正式獨立出社會前第一個接觸的「大型團體」，在此系統中，易受到同儕、校園風氣的影響，開玩笑、霸凌、恐嚇等，都可能觸碰到「法律」這條底線。但與孩子談「法律」，以刑罰嚇唬，抑或是滿嘴仁義道德的說教，都難以打動孩子。

本書由一位與孩子最貼近的主角西奧的視角，不著痕跡地帶出「法律」概念、法庭面貌與法院審理流程，讓讀者的腦袋對「法」這個領域有更具體、清晰的圖像。以下是我認爲可切入討論的兩個角度：

一、「玩笑」與「法律」的分際。「我只是拿玩具水槍嚇唬店員，又不是眞的槍，我也沒有傷害到他呀！」看似玩笑沒傷到人，竟然被冠上「持械搶劫」的罪名！本書用故事案例，帶領孩子分出「玩笑」與「法律」的分際線。

二、法律等於一〇〇%公平正義？書中頻繁提到的法律名詞是「保釋」。儘管台灣和美國的法律可能有些微差異，但完整的故事情境是最適合孩子思辨的教材。書中呈現有錢人家保釋金一出，孩子可能就不必在監獄中爲自己的行爲負責；貧窮人家卻因繳不出保釋金，在正式定罪前只能待在監獄。這樣的制度，公平嗎？會不會造成有錢人視法律邈邈，而貧窮人因繳不出保釋金而犧牲了權益？但若不這麼做，制度又能怎麼調整呢？

用「思辨」的角度討論這個議題，學會的不只是法律名詞，還有孩子的同理、愼思明辨的機會。

法國思想家孟德斯鳩曾說：「自由是做法律所許可的一切事情的權利。」如何讓孩子深刻明白「自由」的底線，得從慢慢根植「法律觀」開始，本書就是值得投資的入門選擇！

【推薦文】
用文字穿梭不應親身經歷的體驗

律師、「法律白話文運動」網站共同創辦人&站長　**楊貴智**

「從做中學」意謂著經驗要從實際活動中獲得，在黑板上講授地理課本中關於淡水河的知識，可能遠不及直接帶學童到淡水河邊感受川流的脈動。但就法律知識來說，除了行禮如儀的法庭訴訟多數開放旁聽外，法律知識所涉及的絕大多數案件都不適合讓學童親身體驗，畢竟我們不希望莘莘學子被關進監獄才了解自由的可貴。何況法律程序對孩子來說不僅距離遙遠，上法庭這件事對絕大多數一生奉公守法的老師及父母來說也是十分陌生。

約翰．葛里遜創作的《西奧律師事務所7：暗夜的共犯》劇情跌宕，主角西奧的好朋友蒙冤遭到羈押，於是展開救援工作。讀者隨著西奧的腳步逐一探視司法制度的許多面向，也一起思索制度的合理性。例如遭到司法體系懷疑涉案的人們雖然還沒定罪，司法體系就先以「羈押」爲名行「關押」之實，而法律之前本應人人平等，保釋金制度卻讓窮人面對更高的壓力。此外，故事中也呈現了現實生活中常見的景象，例如律師基於檢方提出的證據難以反駁，建議無辜的當事人認罪求取輕判，甚至律師爲了自己的當事人、甚至自己本人的利益而選擇犧牲了正義。

這些情節都讓本書將法治教育帶領到更高的層次：法治教育的規畫上，我們不該假設司法體系是完美無瑕的，因爲會侵犯人們權利的並不只有壞人，還包括那些犯錯的人，當然也包括司法體系內犯錯的法官、檢察官及律師。因此，我們更應該教育學童司法體系的黑暗面，並保持一定程度的警覺。

我心目中的法治教育不是將眼光集中於法律知識及制度的灌輸，而是涵養學童思辨是非對錯的能力，並培養他們擁有珍惜民主、維護法治及尊重人權的正向價值觀，也就是所謂的法治素養。透過精彩的故事，用文字帶領孩童穿梭那些他們所不應親身經歷的體驗，是本書的價值所在。

【推薦文】友情來作伴的「共犯」

水牛書店×我愛你學田負責人　劉昭儀

二〇一七年暑假開始，水牛書店爲青少年設計了「柯南法官上法院」課程，內容包括法院參訪訴訟流程的解說與旁聽，以及眞實法律案件的討論模擬與辯證。後來有次在法院走道上，看著走在前面的少年們沿途討論做筆記的背影，我轉頭對授課的法官老師說：「這樣生動有趣的課多開幾堂，應該對降低犯罪率有點貢獻吧?!」

除了柯南以外，現在我們的孩子還可以有更進階、更帥氣的選擇。被稱爲「法律小說天王」的作者約翰．葛里遜，如今也涉足青少年迷茫價値觀這個領域，然後用活生生的校園故事，吸引這群以唱反調爲人生志業的青少年開啓不同視野。

其實不只是青少年，我也是在打開書後，欲罷不能地想要跟著曲折離奇、急轉直下的案情一步步抽絲剝繭。故事固然吸引人，但我更想透過這本書更設身處地了解青少年的大腦迴路，以及因此衍生的是非善惡、愛恨情仇。雖然我也曾在彼時怨天怨地怨沒人了解，但變成大人之後，畢竟走到了面目可憎、庸俗市儈這一關，那些最純粹的青春熱情與溫度、信任與託付，我想要微笑著再次回味那沒有世故算計的初心，或是惱怒著體會撕心裂肺般的無情背叛。

每次我們的青少年法律課程結束後，總有家長與我們分享，孩子變得會開始關心新聞媒體或周遭的各種案件，最重要的是，會跟家人一起討論不同視角的各種可能與觀點。這種價值觀形塑的過程，讓我們對下一代的未來更充滿信心，不管是透過法律實踐的鮮活課程，還是一個充滿戲劇張力與法庭攻防實例的故事。

最後我要許願，衷心期待《西奧律師事務所7：暗夜的共犯》電影版誕生！（所以不看原著，你就跟不上了！）

獻給瑪歌・芮內・林登
歡迎你。

第1章

童軍團一四四〇小隊在盧威格少校的指揮下，於星期二下午五點準時解散，男孩們一窩蜂地前往腳踏車停車處。西奧則一如往常，先去和少校道別而逗留了一會兒，才走進夜晚微涼的空氣中，盤算著接下來要去他父母在市中心的法律事務所。

在腳踏車架旁，西奧遇見他的好朋友伍迪．藍柏，他注意到伍迪的臉上沒有笑容；這些日子以來，伍迪都是這樣的表情，這沒什麼好驚訝的，如果他臉上露出笑容，或是流露出任何生活正常、甚至過得不錯的跡象，那才值得留意。伍迪做任何事老是帶著一抹憂傷，神情不快，彷彿飽受生活的磨難，像是承受著超過一個十三歲男孩所能承擔的負荷和苦惱。

西奧四年級的時候認識伍迪，當時伍迪家剛搬到斯托騰堡，家庭狀況不太穩定。他媽媽和第二任或第三任老公在一起，但現任老公經常因爲工作不在家，而他的生父早就人間蒸發了。伍迪的哥哥東尼被逮捕過一次，後來名聲愈來愈糟。西奧猜測，藍柏家可能又有什麼嚴重的問題，伍迪才會這樣悶悶不樂。

西奧說：「我們去高乎優格冰淇淋店吃冷凍優格冰吧！我請客。」

伍迪立刻搖頭，還皺起眉頭說：「不，謝了。」他的身上從來都沒有閒錢，而且他的自尊心又不容許讓西奧或是其他人請客。西奧早就知道了，卻還說要請客，他覺得自己眞是混蛋。

「你還好嗎？」西奧問。

「我沒事。」伍迪邊說邊騎上腳踏車。「明天見。」

「有事可以打電話給我。」西奧說。伍迪沒有回應。

伍迪最不想做的事就是回家，雖然他猜現在可能沒人在家。他媽媽找了兩份兼差工作，每個星期二在大學附近的小餐館當服務生。她媽媽的現任老公，也就是伍迪的繼父，在做建築工程，有時候可以海撈一筆，但是工作很零星，並不常有。目前他不在鎮上，在車程兩小時遠的地方工作，伍迪已經有一個月沒見到他了。東尼在斯托騰堡高中讀二年級，不過就快退學了，或者說一直在逃學，而且因爲成績太差和出勤率太低，正處於被踢出校門的邊緣。東尼的態度很糟，根本不在乎自己最後會怎麼離開學校。

伍迪把車停進車棚，從沒上鎖的廚房後門走進房裡，大聲叫了幾次東尼的名字卻沒有回應，沒人在家很好。伍迪花了很多時間獨處，這樣其實也不錯，他有很多選擇，可以玩電動、看電視、做功課，還可以把吉他插電，練習彈個一小時。這些選擇當中，寫功課的順位是最後一個，他的成績在下滑，老師們非常關心，但家裡似乎沒人在乎。

根本很少有人在家。

西奧把車子停在布恩&布恩法律事務所的後門，那是一棟改建的老房子，早在他出生之前，他爸媽就已經在這裡開業了。西奧從後門走進他的小辦公室，迎面而來的是法官，牠是西奧最忠實的好友，已經守候了好幾個小時，白天都在事務所消磨時間，除了睡覺和討東西吃之外，沒什麼要緊事。牠在事務所安靜地四處閒晃，在一張狗墊子上小睡一個鐘頭左右，再緩緩移到另一個墊子上繼續睡。法官至少有四張小床，三張在樓下，一張在樓上，西奧辦公桌下那張柔軟的床鋪是牠最喜歡的位置。每天下午，法官會先到西奧的辦公室等待，期待牠最要好的朋友放學歸來。

西奧摸摸牠的頭，稍微聊了一下，然後他們兩個一起去和大家打招呼。法律助理文森的房門關著，他已經下班了。不動產祕書陶樂絲正忙著，不過還是停下手邊工作，問問西奧這一天過得如何。西奧媽媽的大辦公室門關著，這表示她正在和客戶談事情，她是負責離婚案的律師，客戶大部分是女性，關上門談話通常代表情況很緊張，西奧絲毫不考慮去敲門。

他不打算成爲離婚訴訟律師，儘管才十三歲，他已經決定要成爲全國第一的出庭律師，處理重要的大案子，不然就是審理這些重大案件的偉大法官，以智慧和公平聞名於世。他的朋友大多夢想成爲職業運動員、電腦天才、腦部外科手術醫師，或許還有幾個人想成爲搖滾巨星，但西奧想的不一樣。他熱愛法律，渴望有一天能成爲成熟的大人，穿著深色西裝，提著眞皮的高級公事包。不過根據他爸媽的說法，他得先念完八年級，接著辛苦熬過高中、大學到法學院，至少還有十二年的學校教育等著他。西奧對未來的苦難一點都不嚮往，即使是現在，他時不時就覺得累了。

布恩&布恩法律事務所的接待區域是由艾莎．米勒掌管，她是事務所最資深的接待員、祕書、法律助理、顧問兼裁判，以前她偶爾還是西奧的保母。艾莎什麼都做，那熊熊燃燒的熱忱卻時常讓西奧感到很疲憊。

一看到西奧，艾莎立刻從椅子上跳了起來，緊緊抓著他，又是擁抱、又是捏他的雙頰，同時問候他今天過得如何。這是每天的例行公事，鮮少改變。

「學校還是老樣子，又是無聊的一天。」西奧邊說邊試著掙脫她的擁抱。

「你老是這麼說，那童軍課呢？」

艾莎比西奧自己還清楚他的每日行程，要是西奧預約好要去看醫生或牙醫，艾莎會在她的日曆上做記號。學校科學課的計畫截止日要到了？艾莎會提醒他；童軍小隊要去湖邊紮營？艾莎都知道。

她從頭到腳打量著西奧，想確認他的襯衫和褲子是否相稱，這是艾莎另一個令人厭煩的習慣。她接著說：「你媽媽在和客戶談事情，你爸現在有空。」

西奧的爸爸總是有空，而且是一個人。伍茲・布恩是不動產律師，因爲愛抽菸斗，煙霧瀰漫，事務所裡沒有人想上樓去他的辦公室。

「最好趕快開始寫功課。」艾莎邊說邊回到她的位子。

每個上學的日子，至少有三個人會提醒他做功課：他的父母和艾莎。而最讓人生氣的是，西奧總會自己做功課，沒有人有必要提醒他。在他的求學生涯中，從來不曾忘記做功課，即便如此，他們還是一直提醒他這件事。

西奧有時候想回嘴，對他們三人發飆一次，但那會帶來更多麻煩，不太値得，也無濟於事。要成爲一個好孩子的修練項目之一，就是學會忽視大人的缺點。大人們喜歡重複叨唸一些小事，照說是想要讓西奧變成更好的人，他爸爸尤其熱中此事。記得刷牙、記得梳頭、記得吃蔬菜、騎車速度不要太快、要觀察路況，還有別忘了做功課……無止境地叨唸。

所以他也不爭辯，只是說：「好的，女士。」然後上樓去。法官跟在他腳邊一起上樓，盡可能發出最大的聲響。大家都知道他爸爸習慣在傍晚打個盹，而西奧身爲好孩子，自然要顧及爸爸的顏面，避免在他打呼到一半時闖入。

然而布恩先生今天清醒得很，正埋首於他桌上的文件堆，空氣中瀰漫著菸斗的煙霧和氣味，西奧從不覺得這是什麼讓人享受的事。

「噢，哈囉西奧。」爸爸說，他抬起頭，露出彷彿很驚訝的表情。幾乎每天下午都會上演這齣戲。

「嘿，老爸。」西奧邊說邊在辦公桌旁的一張柔軟皮沙發坐下。「今天忙嗎？」

「忙嗎？」布恩先生對著桌上成堆的卷宗揮揮手，彷彿在說他的客戶實在太多了。「對你永遠有時間。學校怎麼樣？」

「和往常一樣無聊，不過童軍課很有趣。再過兩個星期，我們就要前往湖邊了。」

「我知道，少校邀請我和大家一起去，不過這次不行。」

這件事他們至少已經談過三次。「爸，我很擔心一件事。」

「說來聽聽。」

「是伍迪，他最近有點古怪，好像總是在擔心什麼。他的成績變差，老師們都在密切注意他的狀況。」

「你覺得他家裡有麻煩嗎？」

「有可能，他哥哥東尼和一些壞傢伙在一起混，常常逃學，在外面玩到很晚才回家，他對伍迪的影響很大。他媽媽兼了好幾份差事，很少在家。他的繼父在外地工作，不過反正伍迪也不喜歡他。兩個星期後我們要去露營，伍迪不去，他說家裡有很多工作要做，其實可能是沒錢去，這陣子他老是口袋空空。我眞的很擔心他。」

「他有很多朋友嗎？」

「爸，你也認識伍迪，他很受到歡迎，也博得大家尊重，因爲他是班上的硬漢。要是有人打架，不是伍迪挑起的就是他劃下句點，或者由他出面阻止。沒人敢惹他，而且他滿喜歡自己扮演硬漢的角色。看起來他是走錯路了，至少我這麼認爲。我希望我們有方法可以幫他。」

「西奧，你可以當他的朋友，多跟他說說話。他一直很喜歡你。成爲正向的力量，鼓勵他讀書、寫作業，聊聊明年你們的中學新生活，像是體育活動、和女孩約會、足球賽、校外教學等各種你們即將參與的新鮮事。」

「我想也是，這種時候你和老媽也幫不上忙。」

「我會跟你媽談談，一起想想可以怎麼做，不過干預別人家孩子的事總是不太好，我們光是養你就已經夠忙的了。」他笑著說，但此時西奧沒心情聽這種幽默。

「謝了，爸。我差不多要開始做功課了。」

「不客氣，我會再跟你媽討論這件事。」

西奧和法官下樓回到他的小辦公室。法官蜷曲在小床上，不一會兒就睡著了，全然不擔心任何事。西奧好羨慕牠，狗狗的生活就是吃飽睡、睡飽吃，偶爾追追松鼠和兔子，完全沒煩惱。

第2章

天黑之後，伍迪忽然聽見廚房門砰的一聲，他正在客廳看電視，百般無聊。東尼跳進來說：「嗨，小子，你在做什麼？」

「沒什麼，你去哪裡了？」

「在外面閒晃啊。媽媽有消息嗎？」

「沒，她星期二晚上工作到十點。」

東尼坐進沙發，胡亂踢開他的運動鞋。「你在看什麼？」

「克林伊斯威特演的老西部片。」

「你就愛看怪東西。吃過晚餐了嗎？」

「家裡沒東西吃，我看過了。」

「聽著，我今天晚上得去外送披薩，你乾脆和我一起去，在路上還可以吃一點。」

披薩聽起來很不錯，儘管他們老是在吃這個。東尼每個星期都會排幾個小時的班，幫一家叫做桑多斯的披薩店外送，那家店的生意很好，通常他會設法弄幾片剩下的披薩給伍迪和他自己，甚至偷到一整塊頂級披薩。

「好啊。」伍迪動也不動地回答。東尼從沙發上跳起來，去房間換上桑多斯的紅色polo制服、戴上同色系的帽子回到客廳，伍迪關掉電視和電燈，兄弟倆就出發了。

東尼開著一輛小型貨車，那是繼父給他的二手車，里程高達上百公里。這輛車不怎麼樣，女孩們也不喜歡，只不過這是他們現在僅有的東西。十分鐘後，他們進入一排商店區的停車場，東尼盡可能停在離桑多斯最遠的位置。

「坐低一點。」他邊下車邊說。

「我知道啦。」伍迪往座位底下滑。桑多斯規定外送時不能有人跟車，老闆對這點管得很嚴。外送期間，任何司機被逮到車上有人，馬上會被開除。東尼走進餐廳，伍迪在外頭等待，從車窗望出去，他看到一票大學生下了車並走進桑多斯披薩店，是一些漂亮女孩、酷酷男孩和他們開的好車。他不知道自己能不能上大學，不過十三歲的他並不太擔心。他的死黨裡面，大概只有西奧和另外兩個人對未來有計畫。伍迪以後可能會當消防員吧，那念大學還有必要嗎？

他的手機嗶了一聲，媽媽傳來簡訊：東尼回家了嗎？你們晚上吃什麼？

伍迪回傳訊息：我們沒事。吃披薩，你呢？

我還好，只是要工作到十一點，可以嗎？

沒問題。

功課做完了？

當然。

她問起伍迪的功課，只因爲這像是媽媽應該問的問題。事實上，伍迪的媽媽黛西根本沒力氣監督兒子們在學校的學習狀況，她知道東尼翹課，學校都打電話來了，他們常常因爲這件事爭執。不過東尼處於優勢，因爲媽媽實在太累了，沒有餘力去了解他的狀況。黛西和現任老公的關係不太好，她非常擔憂，甚至睡不好。看到媽媽總是疲憊不堪、心力交瘁，伍迪也很擔心。媽媽兼差賺的薪水，再加上繼父偶爾帶來的微薄收入，勉強維繫著這個載浮載沉的家。

伍迪怎麼可能奢望上大學？對西奧那樣的人來說很簡單，畢竟他有一對律師父母，而且他們的婚姻生活感情融洽，再加上西奧是獨子。多年來，西奧一直是伍迪忠實的好友，以後也永遠不會變，不過伍迪私底下承認，他很嫉妒西奧。

東尼拿著桑多斯披薩的亮紅色磁吸式招牌走出來，將它吸附在他們家的豐田貨車上。「一下子就好。」他說完又走回店裡，伍迪沒答腔。十分鐘後，東尼捧著四大盒披薩出來，放在兩人座位之間的長椅上，聞到香噴噴的披薩，伍迪忽然覺得飢腸轆轆。上路後，東尼說：「打開最上面那盒，我們來吃晚餐吧！火腿和蘑菇口味。」

伍迪打開盒子，拿了一片給東尼，自己也拿了一片。

他們默默地吃披薩，車子在大學附近狹窄的街道上穿梭，東尼老是開快車，今天也不例外。第一站是一棟破舊的雙併式住宅，前院裡橫七豎八地停了好幾輛車。東尼核對地址，把車子停在馬路旁，匆匆拿起一盒大披薩走到大門口。才沒幾秒鐘他就回到車上，抱怨著：「那小子給我一塊錢，一盒十二塊錢的披薩，花大錢的先生竟然只給一塊錢小費。那些念大學的傢伙！」他們加速離去，在兩個街區之外的學生公寓停車，又是一塊錢。

雖然如此，他們還是享受著兜風的樂趣，在斯托騰學院迷宮般的街道上馳騁，聽著收音機大聲播放的音樂、大口嚼著晚餐，然後大肆批評那些學生有多麼廉價。最後一盒披薩一送出，東尼立刻掉頭，再裝一大落披薩上車。披薩店裡人山人海，訂購電話響個不停，現在是晚餐時間，大學生正餓得發慌。

輪胎吱地停下，接著又開始疾駛，兄弟倆之間堆著一大落熱騰騰的披薩。星期二通常生意冷清，但桑多斯披薩店很精明地推出買二送一的優惠方案，所以生意好得不得了。兩個小時之間，東尼和伍迪開著貨車在斯托騰堡西區一帶繞行，送披薩給大學生們，也有少數幾戶比較好的人家。九點左右生意趨緩，東尼此時已經拿到二十七元小費，非常自豪。他給了伍迪五塊錢，並聲稱會給媽媽十塊錢，不過伍迪感到很懷疑。

他們在市區邊緣的便利商店停下來加油，那裡有人叫東尼的名字，還有一個叫賈斯的人離開店時過來聊了兩句。東尼正在加油，伍迪沒聽清楚他們的對話，不過他的確聽到賈斯說：「我們開車去夜遊，弄幾罐啤酒，把油箱加滿。」

賈斯開一輛綠色的強化版野馬跑車，有著寬輪胎和很吵的消音器，大家都知道他喜歡到處飆車。他不是個壞孩子，事實上，他還滿受歡迎的，他的女友是伍迪見過最可愛的女孩。不過伍迪不喜歡賈斯的某些特質，他有一種隨時會變壞的神情。他十八歲，比東尼大一歲，但還沒到可以買啤酒的年齡，卻已經喝過啤酒，這不是什麼好預兆。東尼加完油，就把貨車停在店旁邊。

「你要和我們去嗎？」他問伍迪。

「不然我該怎麼辦？走路回家嗎？」

「我們走吧，繞幾圈就好，然後在媽媽回家前趕回去。」

伍迪腦袋裡的理性聲音說不。不要跟著東尼和賈斯在大學區喝啤酒、開車夜遊。不會有什麼好事發生的。但是那個不太聰明的聲音說：噢，去吧，只是找點樂趣，不會有壞事發生的。世上有幾個十三歲男孩能跟著哥哥們這樣玩？

「要跟我們一起去嗎？」東尼對他發動攻勢。這不像是問句，而像是提出挑戰。東尼眞正的意思是：「你要像個膽小鬼逃回家等媽咪嗎？」

伍迪絲毫不退卻，也不遲疑。「我要去。」他說完聳聳肩，彷彿他隨便哪一天的晚上都能跟著這些大傢伙到處跑。他爬進綠色野馬的後座，賈斯發動引擎，車子咆哮了一聲，隨即甩尾駛出停車場。

「給我啤酒。」賈斯邊說邊在車陣中穿梭。伍迪看到他旁邊座位上有一手啤酒六罐，於是拆了兩罐遞給東尼。「你也可以來一罐。」東尼說。

這是另外一個挑戰。賈斯看著後照鏡問：「伍迪，你幾歲了？」

「十三。」

「喝過啤酒嗎？」

「當然。」

「我們以前一起喝過幾次。」東尼說：「趁沒人在家的時候，從冰箱裡偷拿的。」

車上這兩個人有超級嚴重的問題，伍迪感受得到，幾乎能碰觸到，彷彿那個問題就坐在他隔壁。他差點在良心驅使下脫口而出，指出那些問題。東尼還在保釋期間，四個月前才因爲持有大麻被捕，這樣已經夠糟了，他還有意販售大麻而被起訴。後來由於從天而降的好運而有了轉機，逮捕他的兩位緝毒警察自己捅了大簍子，其中一位因爲偷竊毒品被解職，另外一位逃之夭夭，相關證據也隨之消失無蹤。接下來幾週，東尼可說是斯托騰堡最幸運的小子，他同意對一項較輕的指控認罪，然後獲得六個月保釋的輕判。他從頭到尾只在牢裡待了一天，整件事就像是在開玩笑般，一點也沒造成困擾，於是他繼續輕鬆自在地逃學。

如果他喝啤酒被逮到，那就是違反保釋規定，可能要在牢裡蹲上好幾夜。不過這陣子東尼完全不以爲意，他十七歲了，想去學校的時候才去，正盡情享受即將輟學的高中生活。

「我十歲第一次喝啤酒。」賈斯驕傲地說：「是我那個瘋舅舅給的，他現在在牢裡，知道嗎？快喝吧，伍迪，別客氣。」

事實上，伍迪嚐過幾次啤酒，他總是在東尼面前努力裝做沒事，但他無法忍受那個味道。多年來看著廣告裡容貌姣好、身材健美的年輕男女過著好日子，手上拿著冰涼啤酒，他卻發現這東西嚐起來竟然這麼糟，實在太震驚了。他對東尼提過這件事，東尼向他保證，只要有足夠練習，就會愈來愈享受那種滋味。

賈斯仍然在注意他，說：「來嘛，小子，開一瓶來喝！」

伍迪拆了一罐啤酒，拉開拉環喝了一口，試圖表現出很享受的樣子，實際上卻很想吐出來。他強忍著不皺眉吞了下去，然後咬牙再灌了一口，接著再來一口，味道一點也沒變。

「我想你弟很喜歡喝啤酒。」賈斯邊灌啤酒邊說。

你知道才怪，伍迪在心裡想。東尼和賈斯比伍迪熱愛啤酒得多，他們很快就喝完一罐，把空罐向後一丟，要求再來一罐。伍迪拿了第二罐給他們，自己也喝了一小口。他開始覺得飄飄然，啤酒好像也變得沒那麼難喝了。他終於喝完一罐，接著開了第二罐。

「好小子！」賈斯說，沒有轉過身。他們開進一家大型購物中心的停車場，在裡面繞行，直到抵達一棟複合式影城。

「他的車在那裡。」東尼說，聽起來他並不想和那位車主碰面。那裡不只這一輛車，旁邊還停了好幾輛類似的高底盤改裝車，好幾名硬漢斜倚在保險桿上抽菸。賈斯在一旁停下，關掉引擎。「讓事情告一段落吧。」

「你待在這裡。」東尼下車時告訴伍迪。

沒問題，伍迪心想。他看著賈斯和東尼走向那一票人，他們打招呼、用各種方式握手，接著也燃起自己的菸。沒有一個人在喝啤酒或任何酒精飲料。不遠處，一輛警車緩緩駛過，那些男孩對著警察揮揮手，警察也對他們揮手，每個人都很守規矩。

坐在後座的伍迪想辦法壓低身子，低到只夠從車窗邊緣偷瞄的高度，那些人嘻嘻哈哈的互相逗樂對方，然後對話變得愈來愈嚴肅。賈斯和東尼兩人分別把手伸進口袋，掏出錢交給留鬍子的傢伙，那人看起來比他們大幾歲，收下錢卻沒拿出任何東西。伍迪想，他哥哥和賈斯不至於笨到在有警察巡邏的區域買賣大麻，這附近可能到處都有監視器。儘管如此，他們進行的這筆「交易」感覺就是有鬼。

等哥哥和賈斯回到車上，伍迪問：「那個留鬍子的傢伙是誰？」

賈斯發動引擎，緩緩駛離停車場，東尼不發一語。伍迪又問了一次：「那個留鬍子的傢伙是誰？」

東尼說：「一個老朋友。」但那個人顯然不是什麼老朋友，只是東尼讓弟弟閉上嘴巴的說法。賈斯駕車沿主要大街走著，沒有特定目的地，每個人都悶不吭聲。終於，賈斯說話了：「我需要更多啤酒。」

那一手啤酒早就喝光了，他們每個人都喝了兩罐。

「我身上沒半毛錢，你還有剩的錢嗎？」賈斯問東尼。

「沒，全部都給他了。」東尼回答。

「什麼？你怎麼可能沒錢？不久前，你明明還有超過二十塊耶！」伍迪問。

東尼轉頭，狠狠瞪著弟弟說：「停車場那個傢伙是我們的朋友，他在大學幫人家簽賭，足球賽這類的。我們欠他一些錢，這根本沒什麼，賭輸賭贏很正常。不如你先借我剛剛給你的那五塊錢？」

「我才不要。」伍迪還想批評賭博這件事，不只違法，還違反保釋規定。

「算了吧。」賈斯說：「我們也不想從一個小孩身上拿錢。」

他猛踩煞車，開進一家購物中心。這時所有店家都打烊了，只有自動提款機的燈亮著，彷彿在等待。賈斯停好車，沒熄火就走向提款機，緊張兮兮的四處張望，一副在搶銀行的模樣，然後用力按下密碼。他輸入密碼好幾次但都無效，只好大步走回車上。「我猜我媽又凍結了我的帳戶。我現在眞的很想喝啤酒。」

他們揚長而去，野馬跑車的輪胎發出刺耳的加速聲。

這家便利商店位於市區邊緣，在一條雙線道的馬路上，沒有什麼車經過。停車場鋪著碎石，前方的窗戶安裝了粗粗的鐵條，旁邊還有兩座加油幫浦，不過現在沒有其他顧客。

賈斯停好車，說：「我認識那個傢伙，很快就回來。」

「他要做什麼？」伍迪問，聲音壓得很低。

「不用擔心賈斯，他什麼人都認識。」

兩兄弟在車上等待，但沒有等很久，賈斯就出現了，他迅速離開店裡，手上拿著一盒罐裝啤酒，粗暴地拉開車門，然後把啤酒往伍迪腿上一扔，自己再跳上駕駛座，換檔開車。野馬跑車咆哮而去，留下滿地的碎石。

「請給我啤酒！」賈斯得意洋洋地說。伍迪拆下兩罐，遞向前座，他今晚已經喝夠了。

「你怎麼弄到啤酒的？」伍迪問，這時候便利商店已經被遠遠拋在後方。

「就跟那個傢伙說我渴了，需要借點啤酒來喝。」賈斯拉開拉環，大口灌啤酒。

「說眞的，那個人讓你賒帳嗎？」東尼問。

賈斯咂咂嘴，再用手背抹抹嘴巴，接著伸手到牛仔外套的左側口袋拿東西出來。那是一把黑色手槍，在黑暗中閃閃發光。「這玩意全城通用，是最便利的信用卡。」賈斯邊說邊笑，旋即轉身用槍指著伍迪的臉，按下扳機。

一束水流朝伍迪的眼睛噴射，他的心臟停了半拍，嘴巴因爲驚恐而張開。賈斯發出如雷的笑聲，將視線移回前方道路。

東尼一點也不覺得好笑，他大吼：「你在做什麼？你搶了那傢伙？」

「不，當然沒有。」賈斯仍然邊說邊笑。「怎麼可能用水槍去搶劫？我只是借了點啤酒，再加上一點現金，明天我就會拿去還他。」

「你還搶了錢？」東尼難以置信地大叫。

伍迪已經完全嚇傻了，無法思考。他尚未從被槍擊的震驚中恢復，剛剛的水還在往嘴裡滴。不過他很快地意識到，實際的狀況比賈斯透露的嚴重許多。

「你瘋了。」東尼說：「你不能拿著槍指著別人的頭，不管那是什麼槍。」

「那不是眞槍啦。那是水槍，而且是性能很好的水槍。只是好玩嘛。」

「你拿了多少現金？」

「不多啊，只是他現有的全部而已。他把抽屜清空了。我想大概幾百塊吧。」

「聽著，賈斯，我們要回家了。」東尼憤怒地說。「帶我們回到我的貨車那裡，我還在假釋期間，記得嗎？那種愚蠢的把戲會引來警察的，然後我就得去蹲牢房了。我不在乎你用的是哪種槍，只管帶我們回到貨車那邊。」

「你說什麼？東尼，我們現在有啤酒可以喝了耶，不要大驚小怪。」

「你瘋了。」

「別這樣，東尼，不要當臨陣脫逃的膽小鬼。」

「這和膽子無關，這是愚蠢，我不想喝啤酒，我現在很清楚地告訴你，我們要走了。」

「好啦、好啦。」

「伍迪，你在後面沒事吧？」東尼問。

「當然。」伍迪勉強吐出幾個字。他很想告訴哥哥，一開始決定上賈斯的車就是件蠢事，不過他閉緊嘴巴，以免惹來更多麻煩。

他們開回市中心，就在大學附近，公路漸漸變成寬敞的大道。他們停在路上等紅燈時，一輛警車緩緩開到旁邊，車窗是搖下的，正對著賈斯左側。

伍迪從後座聽到他一輩子都忘不掉的話。「小子，停車別動。」警察大叫。

忽然間，到處都閃爍著警車的藍光。

第3章

一名壯碩的警察不斷咆哮：「閉嘴，小子，給我閉嘴，臭小子！」賈斯還是不斷地轉頭說話。他現在整個人被壓在野馬跑車的引擎蓋上，雙手銬在背後，臉朝下，雙腳懸空。東尼站在車子後方，雙手也被銬住，小聲回答兩位警察的問題。彷彿有十幾名警察在現場穿梭，有的在賈斯的車上東翻西找，有的在交頭接耳，有的在通電話。無線電對講機發出刺耳嘈雜的聲音，上百個藍色警示燈點亮整個十字路口。好幾條車道都被封鎖，一名穿著制服的警察在指揮交通，人行道上出現圍觀群眾，大家都很好奇，想知道那三個不良少年犯下什麼滔天大罪。

伍迪獨自坐在一輛巡邏車後座，感覺非常渺小，他的雙手也被銬住，手銬緊貼著手腕，非常不舒服。不過此時此刻，手銬帶來的一點疼痛應該不是最大的問題，他心想。

那些警察一開始用蠻力把他拉出車外，推過來推過去的，這是慣例，後來他們發現伍迪只是個孩子，才放鬆警戒進行搜身。警方拿走他的手機，銬上手銬，然後將他安置在車子後座，那裡的視野剛好能將整場搜捕行動一覽無遺。賈斯想要辯解以脫困，但是他說得愈多，警察的動作就愈粗暴。東尼看起來很驚恐，不敢與警察爭辯。

圍觀的人愈來愈多，伍迪盡可能壓低身子。他看著東尼被帶到另外一輛巡邏車，坐進後座。然後賈斯終於從他的引擎蓋移開，像是被拖行到第三輛巡邏車，接著被塞了進去，他從頭到尾都不曾閉上他的大嘴巴。將三名嫌犯逮捕後，警察向一輛急速閃爍著黃色與橘色燈光的拖車揮手示意。

伍迪認爲，用這樣的蠻力和陣仗來對付三個偷喝啤酒的笨小孩，似乎太超過了。但無論如何，他知道自己麻煩大了。

兩名警察坐進前座，並關上門。「孩子，你還好吧？」其中一位問。

「是，長官。」伍迪立刻回答。自從看見閃爍的藍色警示燈，他的回話全都變成「是，長官」或「不是，長官」。

「孩子，我們得帶你去警察局。」開車的警察邊說邊把車駛離現場。野馬跑車的前輪此時離開地面，那輛拖車正在運用槓桿原理向前拉。

「是，長官。我想我們應該打電話給我媽。」伍迪說。

「我們到了警局再打，已經從你哥那邊問到她的號碼了。」

「我猜你們不能乾脆送我回家，對吧？」

兩名警察都笑了，他們幽默地咕噥了幾句。

「好個喜劇演員。」開車的那位說。

伍迪說：「我是說，你知道的，我只是喝了一點啤酒啊。」

「一點啤酒？」副駕駛座的警察複述他的話，轉身怒視伍迪，對他大聲咆哮：「孩子，現在的狀況是持械搶劫。」

伍迪體內忽然感受到針扎似的劇痛。他想試著辯解幾句，喉嚨卻像是被鉗住，嘴巴也變得好乾。結果他只能勉強呼吸，腋下都是汗。

他想要問，那是在開玩笑嗎？但顯然不是。他們真的要以持械搶劫起訴他嗎？怎麼可能。他和東尼自始至終都沒離開車，更何況使用一把水槍怎麼算得上持械搶劫？那只是一把水槍啊，不是嗎？伍迪的襯衫還是溼的，這就是水槍留下的證據！

他深吸一口氣，然後說：「那只是一把水槍。」

「他和店裡的小伙子不是這麼說的。」開車的警察說。

「我的襯衫還是溼的。」伍迪一說完就發現自己聽起來有多愚蠢。

「孩子，閉嘴就是了。」另一位警察說。

伍迪照做了，他緊咬著嘴唇，以免自己哭出來。

到了警察局，伍迪從側門進入，接著被帶到一個大廳，那裡的警察和行政人員露出驚愕的表情看著他，彷彿他是個殺人犯。沒看到東尼或賈斯。他又被帶到一個小房間並移除手銬，一名動作粗暴、滿臉不悅的警官對他咆哮：「小子，給我站到那邊。這是你的嫌犯大頭照。」伍迪背靠牆，直視著照相機，一瞬間，腦海裡閃過在網路上看過的所有嫌犯照片。「不要微笑，小子。」那位警官說。

「我沒在笑。」伍迪說。他已經好幾天沒笑了。

「數到三，一、二、三。」相機發出喀嚓聲。警官查看螢幕，然後說：「帥呆了，你媽會有多驕傲啊。現在去那邊坐著。」

伍迪依照指示坐到椅子上。警官移步過來，皺著眉、低頭看著他：「他們說你喝了啤酒，是嗎？」

「是，長官。」

「喝了多少？」

「兩罐。」

「拜託，那眞是前所未聞。每個酒鬼到了這裡，都說自己只喝了兩罐。你幾歲了？」

「十三。」

「我需要測量你的血液酒精濃度。我們用一台叫做呼吸分析器的儀器，這你聽過嗎？」

「沒聽過，長官。」

「首先，我需要你對這件事情表示同意，懂嗎？」

「不太懂。」

「你需要在這份同意書上簽名，允許我們使用呼吸分析器測量你血液裡的酒精濃度。這樣懂嗎？」

「是，長官。」

「就在這裡簽名。」警官遞給他一個文件夾和一枝筆。伍迪在一個大大的「X」旁邊簽名，因爲手抖得太厲害，他自己都認不出他的筆跡了。「我應該問我媽這件事嗎？」他邊問邊遞上文件夾。

「你媽媽不在這裡，不是嗎？」

「她不在，但我想打電話給她，我的手機被其他警察拿走了。」

「那是標準程序。」這名警官邊說邊用推車把呼吸分析器推過來。他輕輕彈開開關，往一個小螢幕瞥了一眼，然後把一根小管子送到伍迪眼前。「現在，把這根管子放到嘴裡，盡可能用力呼氣。」

伍迪依照指示去做。他還吹了第二次，然後第三次。等到警官終於滿意了，他才抓住管子，關上另外一個開關。

「結果怎麼樣？」伍迪問，他呼吸急促，心跳加快。

「不錯，測出來的數字是零點零六，還不到喝醉酒的法定標準，但是足以證明你未成年飲酒。現在站起來，轉過身。」

伍迪起身，警官拿手銬銬住他的手腕，帶他走出小房間，穿越走廊，有兩位警探正在那裡等著。那位警官說：「他是你們的了，零點零六。」

警探們帶著伍迪走下樓梯，到一個沒有窗戶的小房間後，就吩咐他在那裡坐著，其他什麼也沒說，他們只是要他待在那裡。從街上離開之後，伍迪就沒再看到東尼或賈斯了，他獨自等了又等，漸漸分不清楚現在是幾點鐘。他想打電話給媽媽，因為她會很擔心，而且他在這種時候眞的很需要媽媽。

沒有人幫他。一個十三歲的小孩就這麼被鎖在警察局地下室裡，沒有半個人來幫他。東尼被關在一個類似的小房間，就在隔壁的隔壁，不過那時候兄弟倆都不知道彼此的下落。賈斯也在地下室，最裡面的那間。

兩名穿著便服的警探走進賈斯的房間，關上門，他們拉了椅子到狹窄的桌子旁邊坐下。第一個開口的警探說：「你已經滿十八歲了，我們將以對待成人的方式待你。你以前是否被逮捕過？」

賈斯知道這一切都是誤會，他爸在天亮之前就會幫他把事情澄清。所以，他沒什麼好擔心的。「有過幾次。」他滿不在乎地說：「不過沒什麼要緊的，都是少年法庭那一類。」

「年輕人，現在不是少年法庭處理的事了，是貨眞價實的大事，我們得問你一些問題。」

「好啊，不過你們不是應該先宣讀我的權利，就像電視上演的那樣？」

「當然，你有權保持緘默，你所說的一切都可能在法庭對你不利，而且你有權請律師。懂了嗎？」

「我不能打個電話嗎？我眞的很想打電話給我爸。」

「等一下再打。你是從哪裡取得手槍的？」

「什麼手槍？」

第二位警探掏出一個透明塑膠袋放在桌上。他說：「看起來就像一把九毫米魯格手槍，連我都差點被唬弄了，便利商店的店員當然會以爲是眞的。」

「你是從哪弄來的？」第一位警探又問了一次。

「是那小子給我的，那是他的。不會吧，你認爲我拿著水槍到處射擊？是那個小弟弟的東西啦。」

「是伍迪的嗎？」

「當然。不是我的。」

賈斯相信，如果他和東尼的口徑一致，讓伍迪背黑鍋，那麼他們就能恢復自由，才十三歲的伍迪也不至於受到什麼重罰。無論如何，這只是一場遊戲，玩玩而已，他爸爸很快就能讓事情落幕。

「是誰策畫這場搶劫的？」第二位警探問。

「我真的很想跟我爸通話，他會幫我找一個律師。這樣可以嗎？」

「是誰說要去搶便利商店的？」

「沒人啊，你應該知道，那真的不是搶劫，因為那玩意只是水槍。這只是在開玩笑啦，你懂嗎？這是一場天大的誤會，我爸和他的律師會澄清一切。你們兩位應該放鬆一點。」

「所以這是你的主意囉？」

「聽著，你說我可以保持緘默，對吧？還有我可以找律師。那好，我現在想打電話給我爸，請他帶律師過來。」

「你拿了多少錢？」

「我不會再多說什麼了。」

警探們終於離開房間，在走道上簡短交談，然後走進關著伍迪的房間，年紀還小的他早已嚇破膽了。

他們拉了椅子坐下，兩人眉頭深鎖，擺出訊問連續殺人犯的表情。第一位警探說：「我們已經跟你哥東尼和你的夥伴賈斯談過了，他們倆都說槍是你的。」

伍迪覺得彷彿被人用磚頭砸了頭。「什麼？」他在極度震驚中只勉強吐出兩個字。他嘴巴張開，眼睛溼潤，以完全難以置信的眼神看著第一位警探。為什麼東尼會這樣說？為什麼他們倆會對警方說謊，要讓他背黑鍋？

「你聽見我說的了，孩子。」第一位警探說：「你的好夥伴們說槍是你的。」

「那只是一把水槍。」

「便利商店的店員可不這麼想。根據我們的法規，這就是持械搶劫。你的兄弟們要坐超過二十年的牢，你則會被送到少年監獄。不過如果你告訴我們實情，或許法官會從輕量刑，你懂我的意思嗎？」

「不怎麼懂。」

「我們認識法官，法官也認識我們。如果你願意全盤托出，我們就會幫你說些好話，讓你輕鬆解套。」

「你們想知道什麼？」伍迪緩緩地問。某種直覺告訴他不要對警方說太多，但現在他嚇壞了，而且想試著幫忙。

「那把槍是誰的？」

「是賈斯的。」東尼和我在賈斯從便利商店回到車上之前，從來沒有見過那把槍。我們兩個沒有進到店裡，查一下監視器就知道了。我們不知道賈斯要去店裡做什麼，只知道他想喝啤酒，所以就開車到那家店，他叫我們在車上等一下，然後就拿著一手啤酒回來。車子離開現場後，他才掏出那把槍，笑著說他搶了店裡的傢伙。事情就是這樣。我發誓，我和東尼什麼都不知道。

「你們喝了多久的啤酒？」

「我不知道。東尼和我去外送披薩，然後遇到賈斯。我就知道不應該和他去夜遊，他帶了一些啤酒，還一直慫恿我喝。我其實受不了啤酒的味道，只是努力試著接受，你知道的，想裝酷，像個大男孩。」

伍迪的聲音嘶啞，雙唇顫抖。

兩位警探交換了眼神。第一位說：「像大男孩那樣裝酷，我們看多了，那只會換來牢獄之災。」

第4章

晚上十一點十五分，黛西．藍柏開車轉進自家車道，她立刻發現東尼的藍色小貨車並沒有停在該停放的位置。它不見蹤影。房子裡一片漆黑，窗戶連一絲光亮也沒有。兒子們平時總會等到她回家才上床睡覺。

她在車上待了一會兒，祈禱沒有壞事發生，然後才下車。進了屋子，她什麼也沒找到，沒有一張紙條，也沒有兩個兒子的行蹤。開車回家的路上，她打了兩個兒子的手機，也傳了簡訊，不過這不是什麼新鮮事。通常到了夜晚，男孩們就會忽視他們的手機。

她打開燈，再次打電話給兩個兒子，接著煮了一壺咖啡，看樣子這會是個漫長的夜。

她打電話給先生，也就是孩子的繼父，他目前帶著工作人員在兩小時車程外的地方工作。電話吵醒了他，即使知道男孩們不在家，此刻他也無能爲力，只能建議先打電話報警。

時間像蝸牛般爬行，黛西拿著一杯咖啡坐在客廳，雙眼直盯著前院。她祈禱著那輛藍色小貨車隨時會出現，載著兩個兒子平安歸來。她想要看見明亮的車頭燈。現在是半夜，他們這條位於斯托騰堡邊緣的小路上沒什麼人車經過。下一次看到車燈，就會是兒子們回來了，她知道一定是這樣。

午夜時分，她打電話到警察局，可是那裡沒人知道什麼藍柏家的兒子。她試著繼續在客廳等待，但實在太焦慮了，於是又倒了一杯咖啡，然後開車到市區四處繞，尋找東尼的貨車，尋找閃爍著紅色和藍色警示燈的可怕車禍現場，尋找任何蛛絲馬跡，等待電話響起。她還開車到桑多斯披薩店，不過店已經打烊了。

在空蕩蕩的街道上繞了一個鐘頭，她看見一家汽車旅館的停車場裡停了兩輛警車，車燈亮著，引擎也還在運轉，警察們在深夜裡聊八卦。她在附近停好車，緊張兮兮地靠近那兩輛警車，尋求協助。她先解釋目前的狀況，然後淚眼婆娑地詢問警察先生是否能幫忙。警察們一口答應，隨即以無線電聯繫，不到幾分鐘就傳來消息，藍柏兄弟被拘留了。罪名是持械搶劫。

黛西抵達拘留所後，她自己找到了夜間櫃檯，無線電收發員正在喝咖啡，等著接一一九的電話和巡邏警車的無線電回報。一旁有位值班人員問她有什麼事。她表明了身分，並告知她兩個兒子在拘留所，她是來帶他們回家的。對方皺著眉頭，請她先在房間另一側的那排古老塑膠椅坐下。這裡現在沒有半個人。她坐下來開始咬指甲，她一緊張就會這麼做，這樣才不會哭出來，雖然她來警察局的一路上都在哭。

持械搶劫？一定是搞錯了。各式各樣的想法從她的腦海中強行閃過，全都是很糟糕的念頭。抽大麻、喝啤酒、酒後駕車，也許還有順手牽羊，或其他的偷竊行爲，她還能夠想像。當然，這些都不應該，很多孩子因此惹上麻煩，大多數最後都能平安脫身。

但現在說的是持械搶劫？就她所知，東尼沒有槍，他才十七歲！她的先生，也就是孩子的繼父，並非從事狩獵活動，家裡也不會擺放來福槍。她知道他有兩把手槍，一把藏在壁櫥裡用來防身，另一把放在卡車上的手套盒裡，孩子們從來不曾去碰槍。東尼怎麼會有槍？他怎麼會持槍搶劫？他弟弟又怎麼會捲入這種事？

一想到伍迪被關在牢房裡，她再度感到心碎，忍不住小聲啜泣。

一位警察老伯伯在她身旁坐下。他有一頭蓬亂的銀髮，圓潤的臉頰紅通通的，如果換掉一身制服，看起來就像耶誕老公公。「好了好了，事情沒有那麼糟的。」他說：「男孩們都很安全。」

黛西抹抹臉，抬頭問：「你怎麼知道？」

「我是獄卒，掌管所有囚犯，也包括青少年罪犯。我叫做蘭道夫，您是藍柏太太嗎？」

他看著他的文件夾。

「是的。我兒子現在在哪裡？」

「我們把少年集中在一個獨立的區域，他們在同一區，那裡沒有其他犯人。」

「我什麼時候可以帶他們離開？」

「這個嘛，今晚還不行。他們明天會上法庭，由法官決定他們的保釋金。你知道什麼叫保釋金嗎？」

「知道，不久前我們才剛經歷過這些。因爲東尼被捕，我到處籌錢付保釋金，幸虧那筆金額不高，最後才能保他回家。但是現在我已經破產了。這次的保釋金是多少呢？」

「持械搶劫是嚴重的罪名，我想保釋金應該不低。」

「是怎樣的持械搶劫？你可以跟我說他們做了什麼嗎？這眞是太瘋狂了。」

「我不清楚實情，藍柏太太，我只有這份報告。上面說他們一行三人，包括你的兩個兒子和一個叫做賈斯．塔克的男孩，看起來是賈斯開車。據我所知，他們搶了一間位於城西邊上的便利商店。」

「便利商店？」

「對，你知道的，就是那種店門前可以加油的小雜貨店，營業到深夜。」

「我知道什麼是便利商店，只是爲什麼他們要去搶便利商店？」

「喔，我不知道，或許是因爲那樣很方便。」蘭道夫被自己的機智逗得咯咯笑。黛西狠狠瞪了他一眼。「抱歉。」他說：「聽我說，藍柏太太，你現在什麼也不能做，最好先回家休息一會兒。」

「休息？要我怎麼睡得著？我可以先看看他們嗎？伍迪才十三歲啊。」

「很抱歉，藍柏太太，我們有訪視的規定。不過，相信我，他們倆都很安全，而且他們都是好孩子，我跟他們聊過。」

「我想我應該說聲謝謝，但感覺不太對勁，畢竟他們現在因爲持械搶劫被捕。」

「還有未成年飲酒。」

「喔，當然，還有別的嗎？」

「據我所知沒有了。」

「他們爲什麼不打電話給我？兩兄弟都有手機啊！」

「呃，這我不清楚，他們被逮捕的時候，手機就被沒收了。這也是標準程序。」蘭道夫翻閱手上的文件。「不知道爲什麼，他們並未獲准打電話回家，一定是有人搞砸了。」

「搞砸了？我們現在是在談我的孩子們。他們的手機呢？」

「沒收保管中，他們在拘留所裡不能持有手機，這是另外一項規定。」

「這裡有一堆規定，看起來卻沒有一條管用。一個十三歲的孩子被扔進牢房，卻不准他打電話給媽媽，簡直爛透了。」

「你說得對，我同意。我會跟我的上級報告這件事。很抱歉。」

「你很抱歉你的同事搞砸了？這太荒謬了，爲什麼我現在不能見孩子們？」

「因為現在是半夜兩點鐘，那裡已經熄燈了。我很抱歉，藍柏太太，不過至少你的孩子們現在很安全。」

「安全？我倒覺得不太安全，請容我這麼說。」

「我理解你的感受，藍柏太太。你何不先回家休息幾個小時再回來？那時候你就能夠見到他們了。」

「我只想坐在這裡，可以嗎？如果我回家，也只是一直來回踱步。我可以在這裡待著，翻翻雜誌等天亮嗎？」

「當然，你要喝點咖啡嗎？」

她勉強擠出一絲笑容，說：「好的，喝點咖啡滿好的，謝謝你。」

他們的牢房有三面實心牆壁和一道鐵欄杆，上下鋪床架與內側牆壁相連接。東尼先進房，他選了下鋪，伍迪爬到上鋪。一過午夜，所有的燈都關上，睡覺的時候到了。然而在一片漆黑之中，每個人似乎都想說話。遠方傳來笑聲，還有人在鬼叫。伍迪被押送到牢房時，他往其他牢房瞥了一眼，看起來都是少年犯，雖然有幾位長得和成年累犯一樣凶惡。還有一間牢房裡關著一個不到十歲的小男孩，他獨自坐著。

東尼說他沒有將持槍罪名嫁禍給弟弟，這也是實話，因為警察根本沒有審問東尼，而東尼也完全沒看到賈斯的蹤影。兄弟倆在黑暗中竊竊私語，決定堅持說實話、挺對方。爲什麼不能說實話呢？賈斯這個大笨蛋演了一齣愚蠢的戲，他眞的以爲可以拿槍指著人要啤酒、要現金，然後逃之夭夭，以爲這只是個玩笑，全部一笑置之。

時間由幾分鐘匯集成幾小時，笑聲和鬼叫聲漸漸平息，連交談聲也慢慢消失。這個夜晚簡直糟透了，伍迪忽然意識到東尼已經睡著了。

第5章

八點四十五分鐘聲響起，蒙特老師請班上同學坐好。全班一共有十六名學生，今天只有十五名出席。伍迪沒來，西奧立刻注意到了，雖然這不是什麼新鮮事，伍迪是他們班上最近缺課最多的學生。

他們開始每天的例行公事，討論今天的各項活動內容：科學專題的截止日到了、辯論小組在一週之後將參加比賽、樂團練習、足球練習、八年級的戲劇公演彩排。和往常一樣，氣氛輕鬆愉快，蒙特老師相信應該要以鼓勵的方式開始每一天，接著他會在第三堂的公民課再見到全班同學。

第一堂鐘聲響起，同學們紛紛抓起背包，你推我擠地衝向走廊。蒙特老師請西奧稍等一下。等其他人都離開之後，蒙特老師語氣沉重地說：「聽我說，西奧，伍迪的媽媽今天早上來學校一趟，她跟葛萊德威爾校長說，昨晚伍迪被逮捕了。」

西奧的嘴巴張大。「被逮捕了？」

「是的，他被關在警察局，預計今天早上出庭。葛萊德威爾校長希望你趕快去少年法庭看看狀況，准你今天早上外出。」他遞給西奧一張紙條。

西奧出發了。可以不用上課讓他覺得很興奮，但這個壞消息也讓他感到害怕。他把背包留在自己的辦公室，從前門跑出去、跳上腳踏車，十分鐘後緊急剎車，在法院門口停下。他走進正門時，專門抓翹課小孩的警察司徒．培奇伯攔住他說：「喂，哈囉，西奧，你怎麼沒上學？」這位警察可是所有逃學小孩眼中的大惡魔。

西奧遞給他那張紙，說：「我有事要辦。」

培奇伯警官仔細閱讀那張請假單，像是在審閱什麼重要文件，然後將紙條還給西奧，說：「好吧，不過午餐時間過後最好不要讓我在街上看到你。」

「是，長官。」西奧低頭閃入法院，三步併兩步跳上階梯。他對整棟法院瞭若指掌，也知道去哪裡能找到伍迪。青少年案件都在二樓一間狹小、擁擠的法庭處理，多年來都是由法蘭克．潘德格斯法官審理。西奧在法庭門口深吸了一口氣，然後跨步走進去。

由於青少年案件的審理並不對外開放，也沒有陪審團制度，少年法庭的空間較小，僅旁聽席有兩排座位。地下室的動物法庭還比較寬敞。

西奧看到黛西．藍柏太太坐在第一排，直接走向她。潘德格斯法官還沒到法官席，非常資深的法庭助理法警川屈對西奧點點頭。

「發生什麼事了？」西奧悄聲問藍柏太太。

她露出微笑，但雙眼泛紅，看起來精疲力竭。她顯然很高興看到西奧。「我也不知道，西奧。」她低聲說：「伍迪和東尼昨晚因爲持械搶劫被逮捕，警察又不讓我見他們。事情實在糟透了。」

「持械搶劫？」西奧重複這幾個字。「一定是在開玩笑。到底發生什麼事了？」

「我不知道，他們也不願意告訴我更多細節。」

他們低聲交談了許久，這段時間，其他憂心忡忡的父母也陸續抵達。法警川屈慢慢走過去，告訴他們潘德格斯法官的行程有所耽誤，這種情況很尋常。

十點整，法官席後面的門打開了，潘德格斯法官穿著黑袍出現。他入座後，環視法庭一周，然後說：「很抱歉我來遲了。我昨晚幾乎沒闔眼，因爲街上的每隻狗都在狂吠和嚎叫。」接著他發現西奧坐在第一排。「喔，哈囉，西奧，每次見到你都很高興。這次是什麼風把你吹來了？」

少年法庭的規定比較彈性，西奧坐著回答：「卷宗上的伍迪．藍柏是我的朋友。」

「喔，我了解了。好，那就請他們進來吧。」法警川屈打開一扇側門。伍迪和東尼由警察護送進入法庭，卸下手銬。兩個男孩都看著媽媽，然後搖搖頭，黛西．藍柏強忍住淚水。川屈法警引導男孩們走到法官席正前方的位置，男孩抬頭看著法官，法官也看著他們，說：「好的，這是十七歲的東尼．藍柏先生和十三歲的伍迪．藍柏先生第一次出庭，兩人皆因持械搶劫而遭起訴，另外一名同夥賈斯．塔克先生，因年滿十八歲，因此將於巡迴法庭審理。」

他看著黛西．藍柏，然後問：「我想您是他們的母親，對嗎？」

「是的，庭上。」黛西擦乾眼淚說。

「他們面臨的是很嚴重的指控，但現場沒有一位律師代表，當然除了西奧．布恩先生，他是很好的律師，只不過限於年齡，不得依法出庭。您是否考慮聘請律師呢？藍，呃，藍……」

「藍柏……黛西．藍柏。」她繼續說：「我請不起律師。」

「好，如果沒有律師出庭，我不會問男孩們任何問題。公設辯護人❶辦公室會安排律師，盡可能今日指派完成。有鑑於罪名的嚴重性，我不會在沒有辯護人的情況下繼續審理。」

西奧不假思索、毫不猶豫地起身說：「庭上，如果您允許的話，可否讓我說幾句話？」

潘德格斯法官從掛在鼻梁中間的老花眼鏡上方怒視旁聽席：「西奧，你爲什麼不用上學？」

「我有一張葛萊德威爾校長親簽的假單。我只是想說，我和這家人非常熟，伍迪是我最要好的朋友之一，我們念同一年級、同一班，還參加同一個童軍社團，我們是認識多年的好朋

❶當刑事訴訟被告人無力聘請律師時，政府或法院便會為其指定一位律師提供法律協助，這名律師就是公設辯護人（public defender）。

友。就像您一樣，我也不知道昨晚發生了什麼事，但我敢保證，伍迪和東尼兩兄弟不可能和什麼持械搶劫有牽扯。他們在被證明有罪之前都是無罪的。庭上，這就是我們的司法精神，不是嗎？」

「西奧，你到底想說什麼？」

「在事情水落石出之前，他們有權利保釋出獄。坦白說，我並不認爲他們需要付保釋金，因爲那只是要確保他們在傳喚時會出庭，而我就能跟您保證，東尼和伍迪絕對會在每次開庭時出席。」

「你想要我當庭釋放他們？」

「是，庭上，爲什麼不行呢？他們不是罪犯，根本就沒有犯罪，這點我可以跟您保證。」

「西奧，你知道昨晚發生什麼事了嗎？」

「我不是很清楚，但我知道他們是怎樣的人，尤其是伍迪。」

「很抱歉，西奧，現在談這個還太早，等他們的律師到了，再來討論保釋金的事。你可以坐下了。」

西奧緩緩坐下，嘴裡咕噥著：「謝謝。」

潘德格斯法官繼續說：「請先把所需文件全部備妥，我會跟檢察官和警方溝通此事。在此同時，國家檢察機關會介入此案，我們會盡快重新開庭。法警，請將這兩位送回拘留所，等候進一步通知。」

西奧和藍柏太太眼睜睜看著法警幫伍迪和東尼上手銬。離開時，伍迪回頭說：「西奧，謝謝你。」他們離開之後，藍柏太太開始安靜地啜泣。

「做得好，西奧。」潘德格斯法官說：「不過從現在開始，請你等到通過司法考試、取得律師證書之後，再發揮長才好嗎？」

「是，長官。謝謝庭上。」

「你現在可以離開了，我建議你盡快趕回學校。」

「是，長官。」

西奧和藍柏太太迅速離開法庭，在走廊上找到長椅坐下。西奧環視四周，確認沒人在聽之後問：「您知道拘留所在哪裡嗎？」

「你在開玩笑嗎？我昨晚都在那裡。我多麼希望從沒見過那個地方。」

「好．那我們就去那裡，想辦法和他們碰面。」

「謝謝你，西奧。」

就跟城裡的法官和律師一樣，西奧認識斯托騰堡裡大部分的警察。他先抵達警察局，逕自走向瑞克．普里特警監的座位。西奧的媽媽曾經幫他處理一件領養的案子，所以西奧和他很熟。

普里特警監正埋首於桌上一堆文件，看到他的年輕朋友西奧出現在眼前，他驚訝地問：「啊，哈囉西奧，這時間你不是應該在學校嗎？」

「我到中午以前請假外出。有急事要處理。我朋友昨晚被逮捕了，剛剛從法庭回到這裡。他媽媽之前沒被獲准與他和他哥哥見面，我需要你的幫忙。」

「他叫什麼名字？」普里特警監邊問邊拿起當日的逮捕名單。

「姓藍柏，伍迪和東尼・藍柏。」

「持械搶劫？」

「是，長官，但那是一場誤會，至少我是這麼想的。我們只是要見個面，就我和他媽媽。」

「還有未成年飲酒？」

「這我不太清楚，不過潘德格斯法官今天上午還不會決定保釋金，所以他們仍然被關在這裡。我們只是想見他們一面，了解到底發生什麼事。」

普里特警監皺眉看了西奧幾秒鐘，接著起身說：「跟我來。」

他們走到長廊盡頭，然後向下走到拘留室外的等候室，裡面已經擠滿了要來探視其他少年犯的的親友。普里特警監指著幾張椅子說：「請坐。」

西奧坐了沒多久，藍柏太太就到了。西奧悄聲對她解釋現在的狀況。幾分鐘過後，普里特警監回來了，他說：「在這裡等一下，這需要一點時間。」

「謝謝警監。」西奧說著，普里特警監又轉頭不見了。

他們等了半個小時，獄卒才叫了黛西．藍柏的名字。獄卒帶著她和西奧來到一間拘留室，伍迪和東尼已經坐在裡面，而且卸除了手銬，當他們一看到媽媽，兩人立刻站起來。獄卒把門帶上，在門外等候著。

四個人夾雜著淚水互相擁抱，然後拉椅子坐下。

伍迪和東尼開始訴說昨晚的遭遇。

第6章

西奧覺得聽得差不多了，於是起身離開房間，讓他們一家人獨處，自己則去執行另一個緊急任務。他飛速騎車回到法院，直奔三樓的公設辯護人辦公室。

首席公設辯護人是一位名叫唐．孟特戈馬里的律師，大家都叫他孟克。對其他律師、法官、警察和書記官而言，他就是孟克，西奧曾經看過他出庭好幾次，沒人叫他全名，「是，孟克」、「不是，孟克」、「輪到你了，孟克」，大家總是這麼說。當然，如果陪審團在場以及比較正式的場合，他就會變成孟特戈馬里先生，不過這很少見。有一次，布恩一家在餐廳遇到他和他太太，西奧的父母也稱他爲「孟克」。

孟克的工作很棘手，幾乎沒有律師覬覦他的職位。他的部門代表那些以重大罪名起訴卻沒錢請律師的男女。由於最高法院裁定每個被告都有權請律師，斯托騰堡很早就設立公設辯護人辦公室，那是早在西奧出生之前的事了。

孟克的部門總是被案件淹沒，有太多被告、太少的辯護人。每年孟克都向郡政府申請更多經費，但看起來，他從來不曾對政府提供的支援感到滿足，至少西奧這麼認爲。西奧的爸爸伍茲．布恩說，全國多數的公設辯護人辦公室經費都少得可憐，那在政客心中的排名順位很後面，他們不想花錢幫罪犯辯護。

西奧在門口猶豫了一下。他停下腳步，傳訊息給蒙特老師：找到伍迪了，仍在牢裡。指控離譜但很嚴重。很快就回去。

金屬櫃排滿了所有牆面，一張堆滿資料夾的古老大桌後方坐著一位祕書。她正在打字，只稍微停下來對西奧皺眉，面無表情地說：「有事嗎？」

「哈囉，我是西奧．布恩，我在找孟特戈馬里先生。」

「你怎麼沒上學？」

「我請了幾個小時的假。是這樣的，我朋友昨晚被逮捕了，那個案子會被分發到這裡，是少年法庭的案件。我想見孟特戈馬里先生。」

「他在甘崔法官的大法庭處理重大案件。少年法庭是由羅德尼．沃爾負責。」

西奧不認識那位律師。「好的，那我可以見沃爾先生嗎？」

「他還沒進來。」

「他什麼時候會進來呢？」

「我不知道，他的行程不歸我管。聽著，孩子，我現在很忙，你可以晚點再來問。」她轉向鍵盤，繼續打字。西奧後退離開，走到二樓亨利．甘崔法官的辦公室，這位資深的巡迴法庭法官是西奧的好朋友。

西奧一天之中總有好幾個小時會作白日夢，夢想自己成爲像亨利．甘崔一樣受人敬重的法官，公正無私又充滿智慧。

甘崔法官的祕書是哈迪太太，爲人親切體貼，每次看到西奧都很高興，和樓上孟克辦公室的那個女人截然不同。

「噢，哈囉西奧。」哈迪太太的工作被西奧打斷時這麼說：「我們怎麼有榮幸在這裡看到你呢？」

「我得見見甘崔法官。」

「當然，不過你不是應該在學校？」

「每個人似乎都這麼想，是校長准我外出幾小時，因爲我朋友昨晚被捕，我想幫他。」

「他幾歲？」

「他才十三歲，我知道這是少年法庭的事，但我還是需要見一見法官。」

「呃，他現在分身乏術呢，我們在處理一樁大案子，法官與其他律師正在開庭審議。」

「什麼樣的案子？」

哈迪太太左顧右盼，彷彿有人會在一旁偷聽，彷彿這案子是天大的祕密。「是毒品，有人在本郡偏遠地區製造毒品被抓了。」

「是孟克先生替那些人辯護嗎？」

「你怎麼知道？」

「我剛離開他的辦公室。我想我不能去旁聽，對嗎？我到中午之前都不用回學校。」

「你可以自行決定，西奧。審判是對外公開的，不過，甘崔法官不見得會想看到你出現在那裡。」

「有道理，謝謝你，哈迪太太。」西奧朝門口走去，卻忽然想到什麼而停下腳步。「哈迪太太，一般來說，甘崔法官會在什麼時候決定被告的保釋金金額？」

「通常他早上一進辦公室就會做決定了。不會拖太久。」

「有個傢伙叫做賈斯．塔克，昨晚因爲持械搶劫被捕，十八歲。你看過他的資料嗎？」

哈迪太太完全不需要找文件夾，她說：「當然，甘崔法官裁定他的保釋金爲五萬美元。」

「五萬美元？」

「是的，那是重大罪行。」

「的確很嚴重，不過如果對方未成年，保釋金就不會那麼高了吧？」

「喔，這我就不清楚了，西奧。青少年的保釋金通常不會那麼高，不過那是由另一個法庭決定的事。」

「謝謝您，哈迪太太。回頭見！」

「快去學校吧！」

塔克先生徹夜未眠，在早上八點抵達拘留所，沒多久他的律師也到了。獄卒一旦收到保釋金裁定的確認通知，就會迅速聯絡保釋人，請對方從對街破舊的小辦公室趕過來。後面的程序都很制式，以獲得保釋金百分之十的金額當酬勞，保釋人會寫一份擔保書，保證賈斯不會離開本郡，並且在傳喚時出庭。塔克先生接著開了一張五千元的支票，帶著兒子離開監牢。接下來，他們去拖吊車保管場，支付兩百五十美元的保管費，把野馬跑車開回家。一個小時後，賈斯已經淋浴、更衣完畢，來到學校吹噓他昨晚的大冒險。

這個時候，伍迪和東尼回到他們的牢房，下西洋棋來消磨時間，那是拘留所提供的唯一一種遊戲。黛西．藍柏去上班了，在美容院爲客人剪頭髮。西奧隨時留意時間，想辦法不被注意到，要是再有一個大人問他怎麼不用上學，他就要爆炸了。

十一點半，西奧吞了吞口水，再次走進公設辯護人辦公室，他想那個壞脾氣祕書肯定會對他大吼大叫。但她並沒有，只是靜靜地告訴西奧，羅德尼．沃爾律師打電話來，說他在離這邊大約半小時的瑪希維爾小鎮調查案子，不知道何時也不確定是否會回法院。

公設辯護人辦公室只有三名律師，孟克、羅德尼．沃爾和一個叫做尤德爾的，他正在協助孟克處理毒品案件。也就是說，辦公室裡沒有其他律師了，西奧連個請求協助的對象都沒有。作戰失敗的西奧對那位祕書道謝，然後騎車返回學校。

午餐時間，他與蒙特老師和葛萊德威爾校長會面，說明現在的情況。伍迪和東尼被指控的罪名可能會減輕或取消，至少是持械搶劫這一項，但他們只能待在牢裡，等候律師說服法官裁定合理的保釋金金額。

「這實在太不像話了。」西奧說。

「但並非不尋常。」蒙特老師說：「我們的少年司法系統負荷過重，總是沒有足夠的律師或諮商師，孩子們被這個系統吞噬的情況時有所聞。伍迪不被送到少年觀護所就算是很幸運了，那不是個什麼好地方。」

「可是他什麼也沒做啊！」西奧說。

「他是一件犯案的共犯。」蒙特老師說。他曾是執業律師，後來轉行當老師。

「你可以解釋一下嗎？」葛萊德威爾校長問。

「這是很普遍的法律原則。」蒙特老師說：「其實，是很基本的概念。三個人一起行動，其中一個持槍，走進店裡掏出槍，搶了不管什麼東西，然後三個人一起離開。在車上的兩人一律會被當做共犯起訴，承受相同的懲罰。」

「那樣不對吧。」西奧說。

「這個嘛，這次的情況或許不對，但伍迪真的惹上大麻煩了，我懷疑他是否能夠全身而退。這個罪名很重的，西奧。」

「只是水槍耶？」

「我認爲那個被搶的傢伙並不知道那只是一把水槍。我敢打賭，他一定會說當時他以爲那是一把眞槍，這才是關鍵。這麼做眞的太蠢了。」

「你認識那個賈斯．塔克嗎？」葛萊德威爾校長問西奧。

「我不認識，但聽說過這個人。他是東尼的朋友，雖然東尼聲稱很少和他出去玩。伍迪告訴過我和他媽媽，他覺得賈斯這個人就是麻煩的化身，他一點都不喜歡賈斯。伍迪覺得，賈斯搞不好比他們想像中的更醉。」

「他肯定不太聰明。」蒙特老師說。

「伍迪也喝酒了？」葛萊德威爾校長問。

「他喝了一些啤酒。」

「他常常喝酒嗎？」

西奧不清楚伍迪究竟喝了多少，現在那也不重要了。他可不打算告發他的好友。「我想沒有。」西奧說：「我從沒看過他喝酒。不過他和東尼在一起的時間很長，他們的繼父在城外工作，媽媽同時做兩、三份工作，他們家的情況不是很好。」

「可憐的孩子，」她說：「被關在牢裡，沒人可以幫他。」

第7章

西奧整個下午都坐立難安，盯著教室裡的時鐘看，滿腦子都是在牢裡的伍迪。最後一堂課鐘聲響起，西奧立刻狂奔到小禮堂，那是辯論小組練習的場地，蒙特老師是他們的指導老師，西奧是隊長，不過他現在一點練習的心情也沒有。他小聲地對蒙特老師說，他想到一個幫助伍迪的辦法，但必須跳過今天的練習。

「我要直接回家找我媽，要求她去見法官。」他說。

「但少年法庭不是她的工作領域。」蒙特老師悄聲說。

「我知道，我會請她幫我一次。天色漸漸黑了，要是不趕快採取行動，伍迪又要在牢裡度過一夜了。」

「出發吧。」蒙特老師一說完，西奧就一溜煙地不見了。十分鐘後，他在布恩&布恩法律事務所後方的碎石停車場停下來，從後門衝進他自稱辦公室的小房間，發現法官不見蹤影，法律助理文森和不動產祕書陶樂絲也不在。他媽媽辦公室的門是關上的，顯然正在和客戶開會。西奧走向艾莎的辦公桌，做好迎戰每日擁抱與問話的心理建設，不過艾莎正在講電話，沒辦法展開攻擊，她微笑示意，表示這通電話可能會講很久，而她揮手像是要西奧先離開。法官從沉睡中搖搖晃晃起身，準備享受一頓摸頭儀式，不過西奧現在沒空。他飛奔上樓，想直接去找爸爸，沒想到伍茲．布恩也不在。

有時候，這個地方擠滿了人，每張椅子都有人在等待；有時候，這裡卻像個廢墟。西奧走下樓梯，腳邊跟著法官，艾莎剛掛上電話。「我現在就要見我媽。」他堅定地請求著。

艾莎感覺得出來，西奧沒有心情閒聊。「她在和客戶開會。怎麼回事？」

西奧將伍迪的麻煩簡述了一遍，結語是：「我要我媽現在就去少年法庭救伍迪。」

「呃，你媽媽正在和一位客戶開會，對方經歷了很不好的一天。」

她的每一個客戶都有不好的經歷，幾乎都是掙扎著要離婚的女人，她們大多數心力交瘁地來到這裡，然後淚眼汪汪地離去。如果媽媽在和客戶開會，西奧早就學會要迴避事務所的這個區域，他還曾親耳聽見有人在裡面痛哭。

「我不會去打擾她們。」艾莎有點嚴厲地說。她是西奧所認識的人當中最善解人意的，然而他也知道，一旦艾莎鐵了心，就不可能動搖。

「那我自己進去。」西奧說。

「不，你不可以。我建議你等到四點，會議結束後再去。」

西奧撤退到自己的辦公室，法官也跟了過來，他把背包裡的東西拿出來。現在可不是寫作業的時候。他打開筆電，找到賈斯的臉書，很快地就看到他已經重獲自由，還在上面嘲笑昨晚被捕的事。

隨著時間緩慢過去，西奧的怒氣直線上升。四點鐘無聲無息地來到又離去，他緩緩走到前廳，躲進大會議室裡，等待媽媽辦公室的門打開。當門終於開啟，一位盛裝打扮的女士走了出來，擦拭眼角，不發一語離開。西奧急忙衝進房間，說：「媽，伍迪昨晚被逮捕了，現在還在牢裡，你得出面幫忙。」

布恩太太平靜地關上門，指向一張皮沙發。西奧坐下來，深吸一口氣。媽媽有諸多讓西奧欽佩的特質，在高壓下保持冷靜這一點是最了不起的。瑪伽拉‧布恩從不慌亂，她每天花很多時間與極度焦慮的客戶、百般苛求的法官、強勢的敵對律師斡旋，但她從不自亂陣腳。要是她的獨子有任何困擾，她也會找時間傾聽。

西奧開始描述伍迪的大冒險，將他知道的所有細節告訴媽媽。媽媽也嚇了一大跳，很擔心伍迪和東尼。「你一定爲了伍迪很苦惱。」她說。

「當然啦，而且情況變得更糟了。爲什麼你不能去找潘德格斯法官，請他裁定保釋金金額？你認識他，不是嗎？」

「西奧，我當然認識他啊，但我不代表伍迪辯護。你也知道，我不處理刑事案件。」

「媽，伍迪不是罪犯。」

「沒錯，他不是，但他深陷刑事案件中，目前會由少年法庭審理。」

「聽我說，媽，有些案件會由一位律師處理第一審，再由另一位負責接下來的事務，難道不是嗎？」

「大概是吧。」雖然這麼說，她心裡知道兒子說的是對的。

「那麼我們趕快去見潘德格斯法官，請他裁定保釋金，盡可能降低金額，然後讓伍迪出獄。明天或後天，再由公設辯護人接手這個案子。」

布恩太太的視線飄向一旁，西奧知道這表示她想好下一步了。她起身走向辦公桌，拿起電話、按下一串號碼。她看著西奧說：「是，我是瑪伽拉．布恩，我找潘德格斯法官，有事要和他商量。」

她聽著話筒，瞥了一眼手錶，然後問：「他明天早上幾點會到？」

她繼續聽，點點頭說：「麻煩請他早上回電給我。」

布恩太太掛上電話，說：「他已經下班了。」

西奧說：「現在還不到四點半，那傢伙也太早離開了吧！這表示伍迪和東尼要在牢裡再待一晚。這太荒唐了。」

「法官的工作量很大，然後有幾天工作較少。如果沒有事情要做，他們通常會提早離開。潘德格斯法官是個工作認真的人。」

西奧垂頭喪氣，只能放棄。艾莎輕輕敲門，然後開門說：「四點半的客戶到了。」

「謝謝你，艾莎。」布恩太太說：「我們晚點再討論這件事。西奧，先去做功課吧！」

晚餐是軟趴趴的三明治，不太新鮮的白麵包、一根香蕉、一片薄薄的棉花糖派，加上一盒微溫的蘋果汁。伍迪和東尼一邊大口吞下這些食物，一邊跟對方抱怨有多難吃，但是他們現在飢腸轆轆，午餐吃了某種義大利麵混合物，幾乎難以下嚥，而早餐已經是很遙遠的事了。

一台電視機懸掛在走廊盡頭的天花板，但他們看不到，雖然也不是真的想看電視。遊戲節目的音量開到最大，那些噪音意外地有安撫效果，彷彿在提醒他們，外頭的某處還是有人過著正常生活。

時間緩慢地過去。電視關了。守衛穿過走廊，宣布將在三十分鐘後熄燈。另外兩名守衛帶著一名新囚犯過來，是一個看起來遠大於十八歲的男孩。他們在房門口停下，打開鎖，將男孩推進伍迪與東尼的囚室。這裡只有上下鋪兩張床，沒有別的地方可以睡了。

等守衛離開之後，新來的男孩說：「我叫喬克，你們呢？」

「我是東尼，這是我弟弟伍迪。」不用費事握手了，喬克看起來就像那種很有個性的傢伙，是一個已經從內部了解監獄很多次的硬漢。他看了看床位，然後說：「我睡上鋪，應該沒問題吧？」

「那是我的位置。」伍迪說：「先來先得。」

「哦，是嗎？是誰制訂這裡的規矩？」

「守衛們。」東尼說。

「現在沒看到半個守衛啊？你們兄弟倆給我聽著，事情很簡單，如果你們想起爭執，我們可以速戰速決，我一個人對付你們兩個，不用幾秒鐘，包準你們滿地找牙。你們想要試試看嗎？」他猛地將東尼往牆上一推，拳頭使勁地捶向水泥牆。

毫無疑問，喬克比藍柏兄弟多了許多街頭實戰經驗。他身形精瘦結實，雙臂粗壯，其中一隻手臂上還有刺青。而且他的呼吸充滿酒味，雙眼滿是血絲，眼神有點瘋狂。

東尼兩手攤開說：「打架不能解決這裡的任何問題。」

「小子，算你聰明。」喬克說。他踩著下鋪的床，縱身跳到上鋪，然後身體躺平、閉上雙眼。

東尼和伍迪看著對方，挫敗地聳聳肩。失去一個床位總比被打斷幾顆牙齒來得好，況且賈克看起來很想揍人。他們兄弟倆鑽進下鋪，伍迪睡一邊，東尼睡另一邊，盡量調整成舒適的角度。

這會是個漫漫長夜。

第8章

西奧也沒怎麼睡，他偶爾打個瞌睡，卻忍不住一直想起伍迪還在牢裡。到了午夜，他忽然想起一件令他困擾的事，他上網查詢地方報紙，發現一則關於持械搶劫的報導，只有一段文字。一名十八歲青年賈斯·塔克在位於城西邊緣的便利商店「柯氏雜貨店」行搶被捕。另有兩名未成年人涉案，依慣例不公開姓名。塔克目前保釋中。

所以，那個掏槍出來的蠢蛋現在舒舒服服地在家休息，還有家人陪伴，而伍迪和東尼則仍被關在大牢。這還有公平可言嗎？西奧焦躁地自言自語，隨即發現賈斯的臉書上有一張被逮捕的模擬情境照，他雙手靠攏，像是手銬的東西銬在手腕上。賈斯還在照片旁邊寫著：「監獄不算太糟，但是伙食糟透了。這是一場天大的誤會，很快就能撥雲見日了，我的律師如此表示。」

西奧關上筆電，試著閉上眼睛，最後他終於睡著了，卻又醒來，他走到浴室，和床底下的法官說了幾句話，試著要睡一下。天一亮，他快速淋浴更衣，匆忙走下樓。

他在廚房假裝檢查回家作業時，爸爸出現了。每天早晨，布恩先生都會早起煮咖啡，接著去鎮上某家餐飲店和朋友們聚會、吃早餐。他看到西奧時說：「喔，早安。」

西奧沒有回應，他對父母的怒氣未消，昨天晚餐時間他們才大吵一架。一如往常，他們早上各有各的行程要忙，兩人都不想與伍迪的案子扯上關係。西奧無法理解，爲什麼他們兩個，或至少其中一人，不能去少年法庭強烈請求法官立刻釋放伍迪？他的父母試著解釋自己不是刑事律師，也不在少年法庭這個領域，但西奧才不買單。

西奧不說話，布恩先生也不作聲。他煮了咖啡，走到車道拿報紙進來，拿出他每天都帶回家卻鮮少打開的公事包，然後倒了一杯咖啡，不發一語地離去。

西奧怒氣沖沖地看著時鐘。他們家的每個房間都有鐘，顯示他們都是重視時間管理的大忙人。一般情況下，布恩太太會省略早餐，直接在客廳喝咖啡、看報，不過她今天快要遲到了，西奧聽得到她在樓上走來走去。他繼續等待。法官可憐兮兮地嗚嗚叫，表示牠想要吃早餐了，於是西奧弄了一碗牛奶加穀物片給牠，他自己每天的早餐也都和法官一樣。

八點整，布恩太太整裝完畢，她一身漂亮的栗子色洋裝，踩著黑色高跟鞋，並配戴了首飾。只消一眼，西奧就知道媽媽準備好出庭了。她總是打扮亮麗，不過有時候會更時髦。她倒了一杯咖啡，在西奧對面坐下，然後說：「我們九點在少年法庭見，你去打電話給黛西・藍柏，我來聯絡葛萊德威爾校長，讓她知道現在的狀況。」

西奧呼了一口氣，微笑說：「謝謝媽。」他匆匆把碗放到水槽，摸摸法官的頭說再見，背上背包就從廚房衝出去。

潘德格斯法官坐上法官席，與大家道早安時，小小的少年法庭已經塞滿了人。連續兩天早上，他都帶著黑眼圈，看起來疲憊不堪，整張臉滿是疲累。環視法庭時，他甚至打了呵欠。九點原本排了另一場公聽會，西奧擔心藍柏兄弟會被晾在一旁。還好媽媽打電話給法官，聊了一會兒。

他從老花眼鏡上方看出去，說：「布恩女士，我相信你有事要對本庭說。」

瑪伽拉．布恩起身，眾人目光頓時集中在她身上。西奧看過她出庭好幾次，雖然媽媽不准他旁聽整場的離婚訴訟，那些證詞對十三歲小孩來說太殘酷。他很崇拜媽媽，深信她在任何法官面前都會表現得很好。

「是，庭上，謝謝您。我想以辯護人身分代表東尼和伍迪．藍柏出庭，但僅限於決定保釋金事宜。」

「所以，你是他們的律師？」

「差不多意思。我認識這家人，在公設辯護人接棒之前，暫時幫忙代打。」

「那公設辯護人在哪裡？」

「好問題，據說他們尚未與藍柏兄弟接觸，我想公設辯護人總是非常忙碌。」

「嗯，昨天藍柏太太說她無法負擔律師費用。」

「我現在是無償服務，庭上，以這家人的朋友身分出面，重點是要討論保釋金，讓孩子們離開拘留所。接下來的事，就交給公設辯護人了。」

潘德格斯法官再次打呵欠、聳聳肩，彷彿在說他並不同意布恩太太涉入此案，不過沒有法官會在這種時候告訴瑪伽拉．布恩，這裡並不是她該來的地方。法官說：「那好，本庭接受你代表辯護。兩兄弟在嗎？」

「不，他們還在拘留所。我們現在只是要討論保釋金的事，不需要他們出庭，庭上。」

潘德格斯法官翻閱手上的卷宗，然後開始閱讀。「兩人皆以持械搶劫起訴，你提議用什麼形式保釋？」

「身分證，庭上。藍柏一家人在此地定居多年，沒有理由懷疑他們不會依傳喚出庭。他們毫無逃亡或消失的可能，兩個人都是好學生、好孩子。總之，這是一場誤會。逼迫藍柏太太拿出一筆她沒有的鉅款，這對事情毫無助益。」

法官皺著眉頭說：「我看到東尼．藍柏因爲今年早些日子的違法行爲而正在假釋中，這會讓事情變複雜。」

「庭上，那件事我們可以稍後處理，眼前首要之務是讓藍柏兄弟出獄、與律師碰面，以尋求解決方案。」

潘德格斯法官邊搖頭邊說：「他們的共同被告賈斯．塔克，保釋金裁定爲五萬美元。持械搶劫可是嚴重的罪行。」

「他是成年人了，而且顯然家裡出得起這筆錢。我不擔心塔克先生，我擔心我的當事人，他們尚未成年，理應被釋放，沒有正當理由把他們關起來。」

西奧和黛西・藍柏坐在第一排，他盡量保持眉頭深鎖，但是其實很想說：「媽，快把他拿下！」

潘德格斯法官說：「布恩女士，就持械搶劫這種嚴重指控而言，我不可能只扣留身分證就釋放他們。我從來沒有那樣做過。在我們了解實際狀況之前，我無法像你一樣假設他們都是無罪的。」

布恩太太絲毫不退讓，她說：「我向您保證，他們絕對會依傳喚出庭。」

「這話說得很好聽，但我也不是沒聽過。既然你只是他們的一日律師，要如何保證他們會出庭呢？」

「庭上，這家人生活拮据，任何金額的保釋金對他們來說都極其困難。坦白說，如果裁定保釋金，就表示孩子們得繼續待在牢裡。他們在被證明有罪之前都是無罪的啊。」

「我了解。這家人擁有任何房子或房地產嗎？」

布恩太太有點挫折，吐了一口氣，嚴正地說：「沒有，庭上，他們的住所是用租的。藍柏太太做兩份工作，兼職美髮師及餐廳服務員。她的先生，孩子們的繼父，正在離這裡兩個小時以外的地方從事建築工作，他對孩子們的生活參與有限。藍柏家幾乎入不敷出，任何保釋金對他們來說都是酷刑。」

「就持械搶劫而言，我裁定的最低金額是一萬美元，兩人各一萬。」

「庭上，那一共是兩萬美元啊。」

「我會算術。」

「保釋人通常會索取保釋金的百分之十，光是讓他們出獄就得花兩千美元，這太不公平了，庭上。」

潘德格斯法官生氣地瞪著布恩太太，顯然被激怒了。「我做的事沒有不公正，布恩太太。我知道你不在刑事案件這領域工作，但我可以告訴你，以持械搶劫的情況來說，保釋金裁定爲一萬美元很公平，甚至偏低。是這兩個男孩讓自己深陷泥沼，不能怪我。」

律師和法官互相瞪著對方，劍拔弩張，但這裡是誰當家作主非常明顯。布恩太太終於微笑著說：「如您所願，庭上。謝謝您的時間。」

「不客氣。現在我有一場表定的公聽會要處理，你可以不用參加。換句話說，可以請你現在離開我的法庭嗎？」

西奧跟著黛西．藍柏和他媽媽一起離開法庭，三人在走廊的角落裡靠在一塊。藍柏太太在哭泣，布恩太太則試著調適自己的挫敗。

「你先生呢？」布恩太太問。

「哪一位？」

「現任那位。」

藍柏太太搖搖頭。「他不願意幫忙，我們昨晚大吵一架。他說他好一段時間不會回來，也不願意幫助孩子們。他們一直都不親密。」

「那他們的生父呢？」

「他不在附近，我們也不常見面。我會問問，也許他會來幫忙，但我懷疑作用不大。他這陣子沒怎麼在工作。」

「你先去試試，我們晚點再談。我現在得回辦公室，西奧也得回學校。」

藍柏太太擦擦眼淚說：「謝謝你，瑪伽拉。你不知道我有多感謝你。」

「黛西，我不確定自己有幫上忙。」

「謝謝你親自來一趟，也謝謝你，西奧。」

西奧說：「我不敢相信伍迪被關在牢裡。」

返回學校途中，西奧一邊以最緩慢的速度踩著腳踏板，一邊想起他早上正式請了假。無論是蒙特老師或葛萊德威爾校長，或是學校裡的任何人，沒有人知道他在法庭待了多久，他想到一個好主意。他調頭前往警局，找到他的好友瑞克．普里特警監。他拎著背包，對警監解釋自己必須和伍迪見面、討論家庭作業，他暗示是老師派他來協助同學跟上進度。

普里特警監有點懷疑，原本要打電話到學校確認此事。西奧說沒問題，但他懷疑現在葛萊德威爾校長可能正在參加朝會，不會接電話。

看到普里特警監拿起話筒、打電話到學校時，西奧嚇得魂飛魄散。警監在電話上請求與校長通話。「早安，我是本地警局的普里特警監，貴校學生西奧．布恩現在在這裡，他要求與伍迪．藍柏見面討論功課。請問這是學校授權他去做的嗎？」

西奧想要拔腿就跑，卻仍試著保持冷靜。普里特警監拿著話筒聽著聽著，然後微笑說：「謝謝您。」隨即掛上電話。他指著西奧說：「如果你在十分鐘內沒到學校，我就打電話給你媽媽。」

西奧對警監敬禮。「是，長官。」飛也似地離開警局。

第9章

雖然西奧覺得普里特警監不至於讓他的威脅成眞，應該不會眞的打電話給媽媽。不過他嚇唬人的伎倆很管用，西奧趕往學校，然而他愈接近學校，踩踏板的速度就愈慢。第二堂課是卡曼老師的幾何課，是西奧第二討厭的科目。他在斯托騰學院附近綠意盎然的街區多踩了幾圈、拐了幾個彎，終於在十點四十分準時抵達學校，此時下課鐘聲正好響起。他先去前棟辦公室報到，然後走到他的置物櫃，再跟愛波・芬摩打招呼；愛波是他最喜歡的女生朋友，但和女朋友是兩回事。西奧沿著擁擠的走廊慢慢走，朝公民課教室前進，這堂課將在十一點開始，由蒙特老師負責，是西奧最喜歡的科目。

蒙特老師在教室裡等著，他悄悄對西奧說：「聽我說，西奧，班上有些同學已經開始問起伍迪的事，你願不願意說給大家聽？」

西奧環視周遭，顯然有點遲疑。他看著自己的腳，說：「嗯，當然，不過我不確定能說多少，這是少年法庭的案件，並不對外公開。」

「我知道。法官裁定保釋金了嗎？」

「裁定了，一個人一萬美元。伍迪的媽媽沒有那麼多錢，所以他們只好繼續待在牢裡。」

「太荒謬了。我們就在課堂上討論這件事，略過持械搶劫的細節，好嗎？」

「好的。」

全班同學入座後，蒙特老師開場：「顯然伍迪今天缺席了，昨天也沒來上學。有些同學已經開始詢問他的事，是的，坦白說，伍迪和他哥哥東尼都被拘留了。西奧跑了兩次法庭試著幫忙，他知道更多詳情，西奧。」

身爲辯論小組組長，西奧克服了在台上發言的恐懼，其他同學大部分都還無法做到。蒙特老師總是說，多數人都害怕在公眾場合發言，尤其是小孩，但大人也不例外。西奧喜歡成爲目光焦點，對於自己能做到大多數小孩做不到的事，他在心裡爲自己感到很驕傲。

他深吸一口氣，走到教室前方。「我剛從少年法庭回來，」他語氣凝重地說，彷彿自己是伍迪的辯護律師。「伍迪現在還好，但還沒被釋放。事情大概是我接下來說的這樣，而我無法揭露每個細節，因爲少年法庭的案件並不對外公開。星期二深夜某時，伍迪和他哥哥東尼，連同一個朋友一起開車兜風。他們在一家便利商店停下來，某件事情發生了，稍晚他們便以『持械搶劫』這個罪名被逮捕。他們在星期三早上出庭，幾個小時前，我媽媽想幫助他們獲釋，最後法官裁定保釋金爲每人一萬美元，他們的家人仍在籌措這筆錢。」

「他們要籌到兩萬美元嗎？」布蘭登問。

「保釋金是什麼意思？我不懂。」艾倫問。

「這有點複雜。」西奧回答。

蒙特老師說：「西奧，你不如用伍迪的例子向同學介紹一下我們的保釋金制度。說明愈簡單愈好。」

全班因為某個法律爭議或問題而感到困惑時，就是西奧最愛的時候。他立刻搖身一變，成為能說善道的天才律師，在陪審團前緩緩踱步。

「好的，所以伍迪被捕了，以某個罪名被起訴，因而被關了起來。不過他在被證明有罪之前，應該被假設為無罪，所以無論犯罪內容是什麼，他都有權離開拘留所。可是警方必須確保他在傳喚時會出庭，所以理論上，警方需要某種他不會逃亡的承諾。我想，在古時候，嫌犯一出獄就會逃之夭夭，但現在很少有這種事了。總而言之，警方和司法系統發展出保釋金制度，大家或許聽過『保他出大牢』，就是這麼一回事。被告被要求拿出一些錢或土地，由法庭扣押，以確保這個人不會消失無蹤。由於大部分的被告都沒什麼錢，也沒有財產，他們被迫花錢買保釋擔保書。於是有人會在拘留所或法院附近打轉，等著賣這種擔保書給被告。就伍迪的情形來看，他的保證金是一萬美元，他們家沒有這麼多錢，所以他媽媽被迫要和保釋人做生意。以保釋金的百分之十為代價，保釋人會寫一份書面擔保書給法庭，保證伍迪一定會在傳喚時出庭。如果伍迪沒出現，保釋人有權追捕他到案。一般來說，保釋人都是些不好惹的傢伙。」

「所以伍迪需要一千美元？」賈伐斯問。

「沒錯。還有他哥哥，需要再一千美元。他們家沒有這麼多錢，所以兩個都還在牢裡。他們已經在那裡過了兩個晚上了。」

「如果他是無辜的，爲什麼還要被關？」達倫問。

「好問題，但我無法給你一個好答案。可以說我們的保釋金制度已經不合時宜，許多人都試著要改變。我昨晚上網查詢，就看到至少兩個國家機關在改革保釋金法規。很多人應該在工作或照顧家庭，卻被關了起來。」

「回到伍迪這件事。」蒙特老師說：「我們可以幫上什麼忙嗎？他需要一千美元。」

「其實也不是，他需要兩千美元。藍柏太太得讓兩個兒子都出來，不能只是其中一個。而且伍迪說不會留下東尼一人，所以要不兩人一起，不然就是都不出來。」

西奧龜速騎回學校的路上，就在考慮請朋友們集資。他本人願意拿出四百美元存款，但他擔心其他人大多拿不出多少錢，畢竟他們才十三歲。西奧十歲生日那天，父母給了他五十美元，存入他全新的銀行帳戶，後來的每一年都會再存進五十美元。他們也鼓勵西奧，將所有他能幸運賺到的打工錢存下來。他以自己的存款爲傲，也願意將全部金額用來幫助伍迪。

西奧比他所有朋友都幸運，他自己很清楚。他的爸媽是律師，兩人密切關注獨生子的成長，規畫他的未來。西奧雖然常常因爲父母嚴密的監督而受挫，但他爸媽似乎知道什麼時候該退讓，至少一點點。爸媽教他不要拿同學的情況和自己比較，要接受同學眞實的模樣。炫富似地掏出四百美元，肯定無法得到好的迴響。雀斯．惠普不會介意，因爲他們家有錢，而且西奧和他很熟。布蘭登會大吃一驚，因爲他的目標就是要成爲班上第一個富翁；他送報打工，還上網投資股票，不過他最近老是抱怨股市走勢低迷。

班上其他同學對集資應該都沒有好感，而且可能根本行不通。西奧懷疑，只有他和另外兩、三個人有存款帳戶，現在也輪不到他去問。看起來沒有人急著捐錢出來。

蒙特老師說：「好，這是我們的挑戰。該如何籌到兩千美元把伍迪和東尼保釋出來呢？」一股緊張的氣氛蔓延開來，沒有人自願幫忙。最後賈伐斯問：「他們家眞的一點錢都沒有嗎？」

西奧回答：「我不確定，我知道藍柏太太正在辛苦籌錢，但我沒有仔細問，那眞的不是我該管的事。伍迪的繼父在外地工作，並不打算幫忙。」

雀斯問：「要是籌不到保釋金，伍迪會永遠待在牢裡嗎？」

「不是永遠。」西奧說：「最終他都得出庭面對那些指控，也許會有一場審判。如果他被判無罪就會釋放；如果被判有罪，大概會被送去服刑。」

「西奧，你覺得他有罪嗎？」雷卡多問。

「不，他不可能持械搶劫，我了解伍迪，他絕不可能做出那麼糟糕的事。我跟他談過，他說是一場大誤會。他或許犯了未成年飲酒這一條罪，但沒有別的。」

賈斯汀說：「我有問題，西奧。如果伍迪不能保釋出獄，必須在牢裡等到審判那一天，那要等多久？」

「這很難說，因情況而異，即使是少年法庭，我想也要幾個月吧。」

「所以伍迪就這樣在牢裡枯等，好幾個月都沒辦法上學，然後接受審判。假設他無罪好了，他就直接回家，像是什麼事都沒發生過？不會留下紀錄嗎？」

「對。」

「那他在牢裡的這段時間呢？能得到賠償嗎？」

「不能，當然沒有，那只是浪費時間。」

「這樣的制度有什麼公平可言啊？」

「誰說這個制度公平了？」

「呃，你總是說法庭制度有多好、法律有多厲害、你有多麼想成為律師，我可是一點都不會想在那種地方工作。」

蒙特老師說：「好了，回到眼前的問題。我們討論這件事的當下，你們的朋友伍迪還在牢裡，我想他連寫功課的機會都沒有。」

第10章

接下來一整天，西奧感到坐立難安。到了由蒙特老師監督的自修時間，西奧被叫到校長室，葛萊德威爾校長準備了一份同意書，上面寫著准許西奧提前一小時早退。校長與潘德格斯法官討論過伍迪的情形，雙方都同意西奧可以把必要的教科書搬到拘留所，協助他的朋友寫功課。

西奧知道，伍迪在牢裡最不想看到的就是一疊教科書，不過他保持沉默。放學鐘聲響起前一個小時，兩點整，西奧離開學校。趁著還有空檔，他繞路到法院一趟，直接走上三樓公設辯護人辦公室，迎接他的仍然是那位星期二遇見的壞脾氣祕書。

「我想見羅德尼．沃爾律師。」他開門見山地說。

祕書停下打字工作，皺眉看著他：「又是你，爲什麼不在學校？」

「校長允許我早退，我有假單可以證明。」

她沒興趣深入了解，只是對一扇關上的門點點頭，然後說：「他在裡面。」

西奧敲敲門，裡面傳來一個尖銳的聲音：「請進。」

羅德尼·沃爾看起來很年輕，外表就像是斯托騰堡高中的高年級生。他的個子很小，坐在一張讓他顯得更矮小的巨大椅子上，戴著圓框眼鏡，蓄著邋遢的大鬍子，彷彿在彌補他不足的髮量。他絲毫不準備起身迎接客人。

「需要幫忙嗎？」他說，但顯然他一點幫忙的意願都沒有。

西奧走向他凌亂的桌子，說：「是的，我是西奧·布恩，你的客戶伍迪·藍柏的朋友。我想談談他的案子。」

「喔？你想談談？」

「是的。」

沃爾重新調整手的姿勢，讓指間互相碰觸。「你媽媽是瑪伽拉·布恩。」

「是的。」

「所以她準備要幫藍柏兄弟辯護了嗎？」

「不，她不是那個意思。今天早上出庭只是爲了讓法官裁定保釋金，希望能盡快讓藍柏兄弟離開拘留所。」

「她爲什麼要在我的案子裡探頭探腦？」

「因爲你不在啊。我昨天到這裡三次，想跟你談這個案子，但是你不在辦公室。」

「有時候就是這樣。有時候律師得外出調查案子。你爲什麼沒上學？」

「我有我們校長葛萊德威爾女士寫的正式假單，你可以打電話去問。」

「她派你來考驗我是不是了解我的客戶？」圓形鏡片後面一雙灼人的眼睛直直瞪著西奧，他的雙手指尖仍不停地互相碰觸。

「她派我去教伍迪寫功課，我正要往那裡的路上。」

「小子，我聽說過你的事。你老是在法院閒晃，到處煩擾法官和律師，裝模作樣，好像以爲自己眞的是律師。你還出席動物法庭，處理眞實案件，當然在那裡誰都可以出庭。現在你竟然跑到這裡，想插手我的事。」

「聽著，我們可以討論伍迪的案子嗎？他是我最要好的朋友之一，而且他並沒有犯下持械搶劫的罪名。」

「不行。你的父母都是律師，所以你應該知道律師不能和別人討論客戶的事。要是我透露半點消息，就是違反律師職業道德。」

西奧知道這傢伙說得沒錯，也知道不該對別人負責的案子指指點點。但他想讓沃爾先生知道有人在關注這件事，而且對目前的狀況不太滿意。西奧問：「你和客戶碰面了嗎？」

沃爾先生誇張地嘆了口氣，像是受到天大的委屈。「答案是肯定的，這是回答你的最後一個問題。三個小時前，我和伍迪及東尼會面，我正在草擬這個案子的報告，然後會請我的上司審閱，其他人都別想看一眼。」

「你相信他們是無罪的嗎？」

「聽好了，西奧先生，現在你該離開了，我有工作要做，我想你也得前往拘留所，去教伍迪寫功課。」

西奧慢慢退後，不由衷地咕噥了一句：「謝謝。」然後離開辦公室。

他沒有前往拘留所，而是往北移動，經過十個街區，一直騎到城市邊陲，終於抵達一個馬路邊的購物商圈。黛西．藍柏每週有三十個小時在做髮型設計師，另外三十個小時在餐廳當服務生。西奧從未去過她工作的髮廊，從來沒有理由去，他甚至不確定自己是否應該就這樣闖進去。但是時間一分一秒流逝，現在不是膽怯的時候。

接待區裡，年齡各異的女性顧客們四處優哉地消磨時間，頭上頂著各式各樣的鋁箔紙、髮捲和夾子。她們前方有兩排滿座的椅子，每一位都在做頭髮。後排的最後一個座位旁，西奧看到黛西．藍柏，她在一叢叢茂密的橘色鬈髮包圍下忙碌地修剪。西奧彷彿戴上眼罩，逕自走向藍柏太太，無視一路上所有人的目光，他說：「嗨，藍柏太太，有時間談談嗎？」

黛西嚇了一跳，她從來沒想到會在這裡看見西奧。「嗯，當然囉，西奧。」她放下剪刀，對客人說：「不好意思，請稍等我一下。」他們往旁邊走了幾步，在目前沒人使用的沖水區附近停下。

「抱歉打擾你了。」西奧盡可能放低聲音地說。

「出什麼事了？」她問，彷彿預期有壞事要發生。

「沒事，我就直接說重點了。我知道談錢的事情很沒禮貌，但我們現在也只能談這個。我有四百美元，我的一些好朋友願意再加上一點，我還打算跟爸媽借一些，或許也問問艾克伯父。我想知道還需要多少錢？」

她的眼睛立刻盈滿淚水，而西奧腦子裡的第一個念頭是他不想看到藍柏太太哭。她說：「西奧，你不能這麼做，拜託。」

「我已經在做了，藍柏太太，好嗎？而且我不想爭論這個。伍迪是我的好朋友，他現在需要我們的幫助。告訴我，還差多少錢？」

她擦乾眼淚，思索了一下。「我和他們的爸爸談過，我前夫說他會試著去借錢，但我不指望他，他從來沒什麼好消息。我銀行裡有三百美元，還會試著向我先生要一些。現在日子不好過啊，西奧，對某些人而言。」

尤其是伍迪和東尼，西奧心想。「好，那麼我們有七百美元，至少是個開始，我再去想辦法籌錢。」

「我會還你錢的，西奧，我保證。」

「我現在擔心的不是那個。你和保釋人談過了嗎？」

「我打算傍晚打電話聯絡。」

「我心中有個人選。」

「謝謝你，我得回去工作了。」

西奧以前注意過那些辦公室，它們位於拘留所旁邊的小街道上，看起來陰暗狹小，像是租金低廉的臨時辦公室。廣告招牌倒是很大，彷彿以爲欄杆後面的囚犯只能從看著窗外、寫下號碼，然後一通電話就能換得自由身。保釋人的這門生意似乎吸引了一些警政或私家偵探背景的人，但沒什麼制度可言，也不太受到敬重。西奧已經上網查過，決定寧可不要和斯托騰堡這五家保釋公司做生意。

然而也沒有別的選擇了。從線上廣告和辦公室的外觀來判斷，AAA保釋公司看起來是這群烏合之眾當中比較好的一家。他把腳踏車停在前門口，然後深呼吸，提醒自己只是個小孩，而多數大人都不會對小孩太兇，也不會辱罵小孩。他也提醒自己，剛剛才毫於預警地闖入公設辯護人辦公室，對其他律師的案子問東問西，而不久前，他還入侵一家美髮院，感受到前所未有的尷尬。情況還能更糟嗎？

西奧一開門，一股令人作嘔的菸味撲鼻而來，歷經風霜的櫃檯是空的，裡面傳來人聲。有人大叫：「請等一下。」

西奧在門邊等待，準備必要時落跑。一個粗壯的男人走出來，他穿著短袖襯衫，露出如壘球般大小的二頭肌。襯衫是某種淡橘色，本來看起來也還好，但他繫了一條亮綠色的粗領帶，下半身穿著牛仔褲和尖頭牛仔靴，腰間配著槍。他皺著眉頭，彷彿因爲被打擾而惱火，不過一看到西奧，他瞬間綻放笑容。「嗨，有什麼事嗎？」

「我是西奧·布恩，我父母是瑪伽拉和伍茲·布恩，你可能聽過他們。」

「我想是吧，他們不太處理刑事案件，是嗎？」

「沒錯。」

「所以你來這裡的目的是爲了什麼呢？請坐。」他邊說邊指向幾張塑膠椅。西奧不想待太久，但基於禮貌，他還是坐了下來。「我叫史巴奇。」他說。

只有名字沒有姓，史巴奇這名字與這個地方滿相稱的。

「是的，史巴奇先生。我朋友在牢裡，我想幫他保釋出獄。」

「他多大年紀？」

「十三歲。伍迪·藍柏，和他哥哥東尼一起。」

史巴奇坐下來，拿起桌上一些文件。他仔細閱讀了其中幾張，然後說：「就是這個。持械搶劫。一人一萬美元。你需要我寫擔保書嗎？」

「當然，不過他們家沒什麼錢。」

「天啊，我從沒聽過這種事。他們的家人在哪裡？爲什麼是你在這裡？」

「他們的媽媽在工作，爸爸在外地。我是他們的朋友。請問擔保書的費用是保釋金的百分之十嗎？」

「對，那是門票。一個人一千美元，就能立刻把他們弄出來。前提是，我確信他們都是好孩子，沒有逃跑意圖。」

「爲什麼是百分之十呢？如果對方只是沒有逃亡能力的孩子，應該少算一點才對。」

「哦？你覺得是那樣嗎？你對保釋金保證制度了解多少？」

「不多。」

「我想也是。小子，聽著，我做這行二十年了，我跟你保證，每個罪犯都有逃脫的能力。他們一天到晚逃亡，而我的工作就是找到他們、逮住他們、帶他們回來，再押著他們出庭。這是個高風險的工作。」

西奧無法將「罪犯」與伍迪本人聯想在一起。他深吸一口氣，不確定該說什麼。「擔保書的費用有可能低於百分之十嗎？」

史巴奇不以爲然地哼了一聲，然後對窗外揮揮手。「這裡沒那回事，你大可以去隔壁或對街問問看，不過那都是浪費時間，沒人比我史巴奇能更快保你朋友出來，我保證。」

「差不多一個小時。」史巴奇起身，彷彿忽然有了別的事要做。「快點行動吧，小子。」

「謝謝你。」西奧說，走向門口。

第11章

到了拘留所，蘭道夫警官看過葛萊德威爾校長的字條後，吩咐西奧跟著他走。他們走進一個狹小的房間，幾乎只能容納一張小桌子、兩張摺疊椅。西奧坐下來，從背包裡拿出教科書。他神經緊繃地等待著，走道傳來的任何一個聲音都讓人心驚膽跳。終於，伍迪走進來，蘭道夫離開時關上門，接著發出響亮的上鎖聲。

伍迪的左眼腫得張不開，額頭上有一道傷口。他在西奧對面坐下，說：「西奧，你一定要把我弄出去。」

「發生什麼事？你看起來好慘。」

「打了一架。昨晚他們讓一個叫喬克的傢伙住進我們的牢房，那個人是個大麻煩。」

「伍迪，怎麼回事？」

伍迪把雙手放在桌上，不停地顫抖，右眼盈滿了淚水，整個人顯然被擊潰了。他開始說：「喬克是個渾蛋，真是個惡霸，還是個狠角色。東尼和我盡可能與他保持距離，但牢房太小了。一個小時前，獄卒終於送來午餐，喬克說他要我給他一半的三明治，我拒絕了，而我猜那樣說大概是大錯特錯。他搶走了三明治，扔掉我的托盤，於是我們開打了。那個人就是想找人打架。他往我的臉揍了一拳，東尼從他背後攻擊，接著我們倆就被打得半死。警衛趕到之前，我和東尼已經倒地，任憑他又踢又踹。你應該看看東尼那張臉。當時大家都在大吼，警衛抓住喬克時，他吼著說我們怎麼突襲他，而且都是我們引起的，還說什麼二打一不公平之類的。警衛們把喬克帶去別的牢房，然後責罵我們惹事，說我們會因爲打架而在牢裡待更久。」

西奧很震驚。他問：「東尼沒事吧？」

「可能吧，一位急救醫護人員幫他檢查傷勢，說骨頭沒斷，只在他臉上放了冰塊冰敷。喬克眞的很壞。西奧，你一定要幫我們。我們又沒做錯事，卻得蹲在牢裡，這裡糟透了。」

「我正在努力，好嗎？我剛見過你媽，還有一個保釋金經紀人。我也見了你們的律師，那個人不太好。」

「我們不喜歡那個人。他劈頭就說自己有多忙，手上有五十件少年法庭的案子，不能給我們太多時間。我們告訴他事情的來龍去脈，可是感覺他並不相信我們。西奧，我們需要別的律師。」

「那件事可以晚點再來擔心，眼前最重要的就是要籌到保釋金。」

「那些是什麼？」伍迪說，對著那些教科書點點頭。

「你的家庭作業。葛萊德威爾校長和蒙特老師決定要我教你功課，這樣你的學習進度才不會落後。」

「我早就落後了，你可以把這些東西放回原位。要是我在家都沒寫作業，憑什麼認爲我在這裡就會寫呢？」

這是個非常好的問題，而西奧也一直在心裡思忖著。伍迪做出一個怪表情，雙手壓著頭的兩側。「不知道他踢了我幾下，但我現在頭痛欲裂。不只抽痛，還伴隨著耳鳴。」

「聽我說，我們現在已經籌到七百美元了，如果湊到一千元，我們就能先把你保出來，再來籌東尼的保釋金。」

「不，我不會丟下他離開的。我們同進退。」

「拜託，伍迪，你十三歲，東尼已經十六歲了，他可以比你在這個地方存活更久。」

「哦，是嗎？你眞該看看他現在的模樣，看他到底過得有多好。我不會丟下他離開的。」

西奧搖頭說：「好啦、好啦。」

他們沉默了一分鐘。伍迪皺著眉頭，閉上眼睛，輕輕按摩太陽穴。西奧好想哭，但不能在這裡。在拘留所這種地方，人人都是硬漢。

「大家都怎麼說我的？」伍迪問。「我想學校裡的每個人一定都知道我坐牢了。」

「我還沒跟學校裡所有人聊過。不過我們這幫人都知道發生什麼事，每個人都站在你這邊。你沒有做錯事，朋友們都在想辦法幫你出獄。蒙特老師很關心你，也想幫忙。葛萊德威爾校長已經和法官聯繫了。我們都站在你這邊。」

伍迪深深吸了口氣，勉強露出笑容，如釋重負。

西奧說：「不要擔心別人怎麼想，伍迪，重要的是你的朋友，而大家都支持你。」

「那個笨蛋賈斯，希望喬克能去和他玩個一、兩回合。」

西奧緩緩將書本收進背包。「你還沒有要走吧？」伍迪問：「爲什麼要急著走？」

「沒有，我會待到他們逼我離開爲止。」

兩人聊了將近一個鐘頭，西奧試著逗伍迪發笑，成功了幾次。後來蘭道夫警官來敲門，告訴他們時間到了。

西奧在櫃檯拿回手機，查看訊息。蒙特老師說，他募到兩百元了；雀斯說要在高孚優格冰淇淋店開小組會議，時間訂爲下午四點半。

西奧跳上腳踏車，飛奔到艾克伯父偶爾工作的老舊辦公室。艾克是伍茲．布恩的哥哥，曾是鎮上一名卓越的律師，後來遇上一些不好說的「麻煩」而被迫離開這一行。他在牢裡蹲了好幾年，那是早在西奧出生之前的事了，艾克從未提及那件事，西奧的爸媽也閉口不提。

他的辦公室在一棟老建築物的二樓，屋主是一對在一樓經營快餐店的希臘籍夫婦。西奧慌慌張張地上樓，逕自闖入辦公室，發現艾克埋首在文件堆裡，一邊啜飲傍晚的啤酒，一邊聽著立體音響播放的「死之華合唱團」。「這是怎麼回事？」艾克咆哮著說。他一向喜愛他唯一的侄子，但不喜歡像這樣突如其來的驚喜。

西奧每個星期一下午都得來拜訪伯父，但今天是星期四。西奧脫口而出：「艾克，我需要借些錢。」

「我沒有半毛錢啊，西奧。發生什麼事了？」

「好，那我長話短說。我的一個好朋友被抓進牢裡，我在想辦法保他出來。他家沒什麼錢，我得籌到兩千美元，我打算把所有存款都拿出來，一共是四百元。」

「那一定是很要好的朋友吧。他爲什麼被捕？」

「持械搶劫。發生了很多事，但他是無辜的。」

「被指控犯下持械搶劫的孩子們不都是這麼說的？」

「聽我說，艾克，我回頭跟你說明一切。我從來沒跟你要錢，以後也絕對不會，而且這是一筆借款，我保證以後一定會還你，無論用什麼方法。」

艾克抓抓鬍子，束了束馬尾。「你玩眞的，是吧？」

「我百分之百認眞，艾克。」

「你要怎麼還錢？嚴格說起來，你現在並沒有一份工作啊。」

「我會想到辦法的，相信我。」

艾克盯著西奧看了許久，臉上泛起笑容。他慢條斯理地打開抽屜，拿出一本三孔支票簿，在上面潦草地寫了幾筆，然後交給西奧。「兩百美元，這是我的上限了。還有這是借款，不是禮物。」

西奧立刻伸手拿走。「艾克，你最棒了。」說完便離去。

西奧騎上腳踏車時，手機響了一聲，是藍柏太太傳來的訊息。她說伍迪的父親不知怎的拿出一百元。他們目前一共籌到了一千兩百元，足以救出伍迪。

接著西奧傳簡訊給在事務所的艾莎，說他正在教伍迪寫家庭作業，晚點再回事務所。大家都期待他每天下午過去一趟，去跟爸媽和艾莎報到，還有寫功課。西奧已經十三歲，有點厭倦這樣的儀式，他嚮往更多的自由。明年他就要上九年級了，開啟高中生涯，他常常想著現在的生活常態會有什麼改變。爸媽理所當然會放鬆一點，給他更多空間吧。

但換個角度想，他覺得十三歲的年齡很棒，也熱愛八年級的生活。西奧和他的夥伴們在校園裡是大哥哥，其他年級的學生都很尊重他們。他聽過很多九年級生的傳聞，他們上了高中就被晾在一邊，尤其是同年級的女孩開始迷戀年長的男孩，根本不甩他們。

他一邊往市中心前進，一邊思考這些事，接著在腦海裡演練如何說服父母借他錢。西奧知道，爸媽一旦得知他要挪用全部存款去幫伍迪，肯定會大驚小怪。他們一定會吵得很兇，但西奧不會退卻。只是吵完之後，爸媽恐怕不會願意再多貢獻一點，雖然西奧很佩服他媽媽今天早上出庭相助，但昨晚的那場大吵還記憶猶新。儘管西奧相信自己是對的，不過他實在沒興致再爭吵下去。

西奧的夥伴當中，雀斯・惠普花在網路上的時間最長，他能用電腦變魔術。爲了好玩，他時常自己寫軟體，而且不用幾秒鐘就能在網路上找到任何訊息。他們家很富裕，他父母會買給他最新的設備和各種裝置，在高科技的比賽中，他總是領先別人一步。

西奧的夥伴包括雀斯、艾倫、布萊恩、愛德華和喬伊，全部成員都擠在高孚優格冰淇淋店最後面的一張桌子旁。西奧點了一杯加了巧克力餅乾的香草冰，加入他們。「告訴我們最新消息。」雀斯說。

「我們湊到一千兩百元了。」西奧報告說：「我出四百元，伍迪的媽媽出三百元，他爸出一百，蒙特老師籌到兩百，我剛剛從艾克那邊拿到兩百元的支票，這筆是借款。」

「你要出四百元？」艾倫難以置信地問。

「對，是我全部的存款。」

「太棒了，西奧。」

「要是有更多就好了。我剛剛和伍迪聊了一個小時，他今天被揍了，一隻眼睛腫起來，還有一道傷口，牢裡有個傢伙攻擊他。我們得加快速度才行。」

「我有一百元存款。」艾倫說。

「我也是。」喬伊說。

「我還在湊錢。」布萊恩說。

「很好，那就是一千四百元了。」

「這樣還不夠保他出來嗎？」布萊恩問。

西奧說：「夠是夠了，但當初不是這麼說的，記得嗎？伍迪不會拋下東尼自己離開，所以就像我之前說的，一共需要兩千元。」

「我口袋空空。」雀斯說：「不過倒是有個計畫。你們聽過『大眾集資』嗎？」

雀斯取得發言權，開始說明：「大眾集資是最近興起的群眾募資計畫之一，但主要對象是兒童。我今天下午發現這個網站，花了一點工夫在上面，先看看吧！」他打開筆電，所有人湊到螢幕前面。

「聽起來很像黑手黨之類的。」愛德華說。

「你看太多老電影了啦。」雀斯說：「這和犯罪根本沒關係，絕對合法。它是這樣運作的。」他敲了幾個鍵，一張伍迪的照片出現在螢幕，下面有圖說：「伍迪・藍柏，十三歲，因莫須有的罪名入獄中。」圖說下面是一張圖，一個孩子坐在牢房的床鋪上，垂著頭、雙手被銬住，後面跟著一段文字敘述：

請想像被逮捕以及被錯誤指控犯下持械搶劫的重罪，卻沒有錢可以保釋出獄，以證明自己的清白。這件事就發生在斯托騰堡裡十三歲的伍迪‧藍柏身上，他仍在牢裡，是我們亟需改革的保釋制度下的受害者。我們身為伍迪的朋友，請求您不限金額、捐款幫助，讓伍迪自由。

「雀斯，這看起來很棒啊！」布萊恩說：「然後要怎麼做？」

「這很簡單，如果大家同意，我就按下這裡，這個網頁會立刻上傳到大眾集資的網站。如果一切順利，資金就會開始從全國各地流入。」

「你覺得我們眞的籌得到足夠的錢嗎？」喬伊問。

「我不知道，但也不會有任何損失啊。」雀斯說：「大眾集資會收取百分之十的費用，再把剩下的寄給我們。」

「就這麼做吧！」艾倫說。

雀斯看著西奧問：「要以伍迪的名義去做，還是用他媽媽的？」

西奧豪不猶豫地說：「不用了，爲了讓伍迪出獄，他們現在不惜一切代價。我認爲我們直接去做就是了。」

其他人也同意，於是雀斯按下「提交」鍵。「大功告成，我們上線了。現在隨時都能上網查看捐款狀況，也許我們會走好運呢。」雀斯闔上筆電，吃了一口優格冰。

男孩們在桌邊吃冰淇淋放鬆。

「西奧，跟我們說說打架那件事。」布萊恩說。

西奧如實傳達伍迪告訴他的所有細節，不加修飾，最後下了結語：「可能會衍生更多麻煩，伍迪說其中一位警官過來處理的時候，責怪伍迪和東尼是始作俑者，還說那會讓他們在牢裡待更久。」

「他們可以那麼做嗎？」喬伊問。

「我也不知道，以後再來擔心這件事吧。」

第12章

伍迪的新牢房既潮溼、陰暗又狹小，暖氣幾乎不足以抵抗寒意，天花板上吊著一個小燈泡，昏黃的光線在黑暗中切割出幾個影子。一張小床上放著一條又髒又薄的毯子，還有一張椅子、一個便桶和洗手台。沒有其他獄友，因爲空間太小了。牢房的牆是由煤渣磚砌成，塗上深灰色油漆，而且沒有窗戶，只在金屬門上開了一扇小窗。伍迪獨自一人，不知道東尼被帶到哪裡去，也不知道隔壁或走道對面的是誰。除了某種嗡嗡作響的引擎或馬達聲從遠處傳來，這裡一片寂靜。

在這間單人禁閉室裡待了一個小時，伍迪開始想，要是西奧把那些可憎的教科書留下來該有多好，再加上一枝筆和可以寫點東西的紙。

他上床躺平，床鋪隨之發出吱嘎聲，他盯著上方的黃色小燈泡看，覺得遙不可及。這時候睡眠會是種解脫，會帶著他離開這團混亂，而且夢中的他也許會在海邊或山上。從新聞報導中，他看過被囚禁數十年才獲得釋放的無辜人士，但他從來沒有停下腳步，爲他們感到惋惜。他想那些人一定是做錯了什麼。而現在他就在牢裡，時間無聲無息地過去，一個全然無辜的孩子在鐵牢裡虛度光陰。有人爲他感到惋惜嗎？西奧和他的朋友們爲了他東奔西跑地籌措保證金，他感到很安慰，不過兩千美元就像是不可能的任務。

他想起他爸爸，這個人一輩子過得很辛苦，又做了許多錯誤決定，讓問題更複雜。兩個兒子身陷大牢時，他人在哪裡呢？還有他的繼父，爲什麼不能有所改變，拿出魄力來幫助家人呢？

伍迪發誓要對這兩人復仇。

他摸摸頭上腫起來的包，想起了喬克。那些白癡警察當然也把那個小惡棍丟到單人牢房了吧？明明是他引發衝突的，還裝成受害者在鬼叫。伍迪很擔心東尼，他的臉被揍得一團糟。他們當然帶他去看醫生了吧？伍迪想起他可憐的媽媽，正在外頭瘋狂的籌措保釋金。

然後他想到未來。他已經從被指控持械搶劫與被逮捕的震撼中逐漸恢復，取而代之的是這個陰森又駭人的現實。一開始他以爲只要幾個小時就能澄清誤會，他們就能回家了，司法體系會對付賈斯，就是眞正有罪的人。然而隨著在牢裡的時間流逝，他開始畏懼司法體系，如果這個體系能將無辜的人當成殺人犯定罪，打入大牢三十年，那麼要把伍迪和東尼關上幾個月又有什麼難的？他們的律師羅德尼．沃爾先生並沒有給他們任何信心，他似乎懷疑兄弟倆說的話。

重重的敲門聲讓伍迪嚇了一跳。門向內打開，一名警察走進來，遞給他裝在塑膠托盤上的晚餐。另一名警察守在門口，彷彿以爲伍迪會攻擊第一個警察，然後奪槍逃獄。

他們走了之後，伍迪坐回小床，將托盤放在膝蓋上。晚餐內容是塗著花生醬的不新鮮白麵包、一杯少得可憐的綜合水果丁、一顆蘋果、兩片切達起司和一小盒芒果汁。他拿起芒果汁盯著看。芒果汁？他覺得自己應該從來沒有喝過這種東西。

他把晚餐一掃而空，因爲他餓得很，也因爲閒得發慌。吃完之後，他把托盤放在地上，再躺回床上，然後盯著那個黃色小燈泡看，直到入睡。

大概在兩公里半以外的地方，西奧正在布恩&布恩法律事務所後方的辦公室，狗狗依偎在他的腳邊，家庭作業攤開在面前，但他不是在讀書。西奧、雀斯和其他男孩決定好好利用社群網站，號召大家一起來支持伍迪。他們將爲伍迪募款的網頁轉給每個人，卻發現一開始進展遲緩，直到星期四晚上七點，才募得四十一美元。

由於布恩太太是個忙碌的職業婦女，而且對烹飪不感興趣，布恩家幾乎每天晚上都吃外食，但他們有自己的儀式。星期四晚餐一定是在一家土耳其餐廳吃烤雞，配上辣味鷹嘴豆泥和口袋麵包。西奧騎車過去和爸媽碰面，他們剛從辦公室離開。

氣氛還是有點緊繃，西奧告訴父母他打算拿出全部存款作爲伍迪的保釋金之後，情況並沒有改善。雖然爸媽不喜歡西奧這麼做，但他們同時覺得兒子對朋友的那份義氣很了不起，只是吝於讚美。這家餐廳的客人很多，於是他們放低音量交談。

「你花了很長一段時間才存到這筆錢。」他爸爸皺著眉頭說。西奧當然知道，畢竟是他自己存的錢。爲什麼大人老是愛講那些再明顯不過的事呢？

「我會重新存錢。」西奧說：「那筆錢只是放在銀行裡，沒什麼作用，還不如拿出來做有用的事。我們也有同學把自己的存款都拿出來了。」

「藍柏太太要出多少錢呢？」他媽媽問。

「媽，她身邊沒有什麼錢，我們已經討論過了。她說她只有三百元的銀行存款。我可以看一下簡訊嗎？」

他邊問邊拿出手機，這麼做違反了他們家的晚餐規矩。他的父母認爲，用餐時盯著手機非常沒禮貌。「我們現在有七十五美元了。」西奧說，然後解釋「大眾集資」的募資方案。他父母從沒聽過群眾募資。

布恩夫婦交換了一個眼神，露出那種大人才知道但兒童不宜的神情。布恩太太說：「我想我們事務所也能幫點忙，伍茲，你覺得呢？」

「喔，當然，你覺得可以幫多少呢？」

「兩百五十元如何，西奧？」

「那很好啊。」他說，但其實一點都不好。如果一個沒有工作的十三歲小孩都能捐出四百美元，爲什麼他的父母，身爲忙碌又成功的律師，不能拿出多於兩百五十元呢？

「所以現在總金額是多少？」他媽媽問。

西奧心算了一下，說：「超過一千七百元，快達成目標了。」

過了晚上十一點，西奧在快睡著前上網查了一下，錢從全國各地流入，金額愈來愈高，幾乎有三百美元投入「讓伍迪自由」的募款計畫。

七個小時後，西奧完全醒過來，他盯著筆電螢幕看，「大眾集資」的金額已經超過五百美元了，超過救出伍迪和東尼所需的金額。他衝到樓下告訴媽媽這件事，還堅持自己今天必須處理保釋金一事，不能去上學。媽媽最後同意幫他寫假單，准他晚兩個小時到學校。

西奧打電話給藍柏太太，兩人擬定一個收款計畫。他先打電話到蒙特老師家，告訴老師自己會晚一點到校，但他計畫帶伍迪一起回學校。接著打電話給夥伴們，要他們將所有資金募集到手。雀斯關閉在「大眾集資」的網頁，準備取回募款，這大概需要幾個小時。九點整，他走進位於主要大街的銀行大廳，客氣有禮地請行員幫他結清戶頭。他爸爸跟他保證那是很簡單的交易，不過也需要半個鐘頭。西奧拿著四百零二美元的銀行本票離開，那是他所有的存款，不過他不在意，甚至有點驕傲能拿錢去幫助朋友，錢另外再存就有了。更何況銀行存款對於像他這樣的孩子來說有什麼用呢？他是家裡的獨生子，而他父母未來會很樂意幫他支付大學學費。再說，伍迪有一天或許會還他這筆錢。

他回到布恩&布恩法律事務所，徵召艾莎的協助。他的支票加上艾克和他爸媽的，一共是八百五十二美元。藍柏太太拿著五百元現金抵達，她後來想辦法跟朋友借了一些。學校方面，蒙特老師有四百元，包括之前他承諾的部分以及艾倫和喬伊的兩百元。接下來，西奧和雀斯準備從「大眾集資」網站取得募款。

「什麼是電匯？」西奧問艾莎。

「那是一種快速轉帳的方式。銀行之間一天到晚這麼做，一家銀行電匯一筆款項到另一家銀行，省去郵寄支票的麻煩。」

「那要多久才能收到『大眾集資』匯來的錢？」

「不確定，不過應該不會太久。幾個小時吧。」

「他們要把錢匯到哪裡？」藍柏太太問。

他們坐在一樓的大會議室裡，就在布恩太太辦公室外的走道盡頭，那是西奧最喜歡的房間，裡面擺著一張長方形大桌子，一張張厚厚的皮椅環繞桌邊。牆上擺滿了古老的大部頭法律書籍，卻很少人翻閱。藍柏太太小口啜著咖啡，看起來像是一個星期沒有睡覺。

艾莎說：「我想可以用我們布恩&布恩法律事務所的信託帳戶。」

「什麼是信託帳戶？」西奧問。

「每一間事務所都有一個銀行帳號，專門用來儲存客戶的錢，就是信託帳戶。那些錢並不歸律師所有，但客戶將錢交由律師保管。這算是例行公事，我先跟布恩太太確認。」

西奧說：「我想應該先打電話給他們的律師，讓他知道目前的狀況。」

藍柏太太說：「我一個小時前打給他，但他當時在法庭。我留了訊息，他一直沒回電。」

「那個傢伙實在難以捉摸。」西奧說。

「他老是說自己有多忙。」

「律師不都是這樣嗎？」艾莎說完，立刻轉變話題：「那個保釋金經紀人呢？你跟他談過了嗎？」

「沒有，我還沒跟他談。」藍柏太太說。

「那我去見他。」西奧說。

「你得去學校了，年輕人。」艾莎說。

「我忙得沒空去學校啦。」

艾莎從她的老花眼鏡上方看出去，用一種西奧很熟悉的眼神看著他。「我要和布恩太太談一談嗎？」

西奧緩緩起身，往門口走去。「別那樣做。我只是路過，上學途中過去看看而已。」

「再次謝謝你了，西奧。」藍柏太太說。

「他們還沒獲釋呢。」西奧說，隨即轉身離去。

史巴奇不在ＡＡＡ保釋公司，西奧遇到一位祕書，她問西奧怎麼沒去學校，然後西奧請她轉告史巴奇回電給他。祕書一口答應，但看起來在想著別的事。

西奧不甘願地騎著腳踏車，穿越市中心就是斯托騰堡中學了，他盡可能放慢速度，現在就算到了學校，也只會虛度光陰。時間一分一秒過去，西奧擔心如果伍迪和東尼不能在這個星期五獲釋，到了週末，情況可能變得更複雜。

第13章

「大眾集資」的匯款一直到下午四點才到，時間是星期五下午。西奧坐在大會議室裡等待，得到媽媽的同意後，他把所有支票和現金存到布恩&布恩法律事務所的信託帳戶，一共是一千七百五十二元，加上電匯的款項，總共兩千三百二十元整。他們決定晚點再來煩惱多餘的金額該怎麼處理。

既然布恩太太要負責寫支票，再從事務所的信託帳戶扣款，她同意打電話給AAA保釋公司問清楚細節。結果她被告知史巴奇到外地去了，現在沒有其他人能寫擔保書。她致電羅德尼·沃爾辦公室尋求協助，卻得知這位律師今天已經下班了，他的手機直接轉到語音信箱。最後她打電話給另一家叫做「行動保釋」的保釋公司，幸好有位巴柏·霍利先生願意見她。她和西奧立刻開車到行動保釋，那家公司也在法院附近。藍柏太太要在美髮院工作，無法脫身。

行動保釋就在AAA所在的那條街盡頭，辦公室又小又髒。巴柏·霍利先生全身散發出一股賣二手車的商人氣息，不過至少他很和氣，而且似乎很願意幫忙。他拿出一些表格，寫了一些筆記，然後打電話給拘留所。

他的笑容消失了，拿著話筒的他眉頭深鎖。通話完畢後，他說：「很抱歉，是壞消息。看來兩個孩子現在不能保釋出獄。」

「為什麼不能？」布恩太太質問。

「他們被下了禁令，似乎是在牢房裡發生了肢體衝突之類的事件，所以他們現在分別被關在禁閉室。」

「這太荒謬了。」西奧脫口而出：「是那個傢伙先攻擊的耶！又不是他們的錯。」

霍利先生聳聳肩，彷彿這是老生常談。「孩子，我無能為力，你們得去找法官。」

布恩太太看了手錶一眼說：「現在是星期五下午四點三十分，我想法官已經離開了。」

他再度聳聳肩。

西奧立刻掏出手機，飛快地按下法蘭克．潘德格斯法官辦公室的號碼，結果轉到語音信箱，已進入週末模式，有事星期一回電。

他們謝過霍利先生，走了兩個街區到拘留所，西奧直接帶著媽媽去見她的前客戶瑞克．普里特警監。普里特警監很意外會在拘留所見到布恩太太，看到她親自前來，顯然態度也特別慎重。她對警監解釋現在的困境，普里特立刻拿起文件，了解狀況。

普里特警監領著他們到接待區，請他們在他翻閱文件時於此處等候。隨著每一段文字的陳述，他的表情愈來愈凝重。「是的，看來的確有過一場騷動，藍柏兄弟惹上麻煩了，更不用說是持械搶劫的罪名。拘留所這邊向法庭回報，潘德格斯法官於是下令禁止他們保釋出獄，必須等候下一道命令。」

「我不能理解。」布恩太太說。

「我們這裡時常發生。我們不能讓囚犯在牢裡打架，所以對他們的行爲管束特別嚴格。」

「那不是他的錯。」西奧說：「伍迪和東尼是被另外一個傢伙襲擊的。」

布恩太太說：「如果我能找到潘德格斯法官，他有可能在週末就解除禁令嗎？」

「他是法官耶，女士，而且他們通常都很隨心所欲。不過您要在週末打電話給他嗎？」

「喔，這也不是第一次了，不是打給潘德格斯法官，而是其他很多法官。」

「我會盡可能幫忙。」普里特警監說。

「謝謝你。」

半個小時後，西奧回到拘留所，沉重的背包裡裝著教科書和作業簿。他現在已經是這裡的常客，警局的警察、獄卒和行政人員看到這個孩子進進出出，彷彿是這個地方的主人，也不再感到新奇有趣。西奧和所有人說過話，叫得出他們的名字，而且他非常有禮貌。早些年他就學會寶貴的一課：大人特別喜歡有禮貌的小孩。

在禁閉室待了二十四小時後，伍迪的臉已經恢復一點點，左眼還是腫的，幾乎張不開，額頭上的傷口已經結痂，腫成一片。不過他看起來很平靜，不像前一天那麼緊張。他對西奧描述他待的地牢，以及難吃透頂的食物和無止境的無聊。伍迪不知道東尼被關在哪裡，只聽到警衛說，喬克已經在星期五早上出獄。

「你想想看，西奧。」他說：「賈斯演了一場愚蠢的特技，害我們被捕，但他星期三早上就在外頭逍遙了。然後那隻瘋狗喬克亂咬人，而受到責罰的是我們，他也出去了。我們完全是無辜的，卻在牢裡蹲。西奧，司法體制難道沒問題嗎？」

「我都知道，但我們在努力，伍迪。我們已經籌到保釋金，我媽媽一個小時前在寫相關文件，試著要保你們出來。現在她正努力聯絡法官，只是可能要等到星期一了。」

「星期一？西奧，不會吧？我不能整個週末都在這裡呀。」

「我們在努力了，伍迪，已經盡全力了。」

伍迪垂頭喪氣地垂下肩膀。

星期五晚餐是去馬洛夫餐廳，那由一對黎巴嫩籍的夫婦經營的老餐館。西奧跟他媽媽抱怨，說他身體不舒服不想去，而且他覺得這樣爸媽就能好好享受兩人時光。這個星期以來，他們家大小爭吵不斷，西奧眞的想暫時與他們保持距離。

其實眞正的理由是，他的好友現在待在地牢裡，勉強呑嚥難吃的食物，這種時候他不想自己跑去高級餐廳用餐。布恩太太後來沒能聯繫上潘德格斯法官，所以看來保釋無望。西奧對整個體系感到無比憤怒，還有那些法官、警察甚至律師們的態度，他們彷彿都認爲在牢裡多待幾天沒什麼。

伍迪吃了一頓香草夾心酥和兩個起司三明治當晚餐，他躺在床上放鬆，同時設法保持溫暖，忽然傳來敲門聲，讓他嚇了一跳。一名警衛走進來，命令伍迪下床跟他走，伍迪乖乖聽令。這次沒有上手銬，伍迪被帶往主建築，經過一條熟悉的走廊，然後來到另一個牢房，東尼已經在裡面等待。

他們的禁閉時間已經結束，這間牢房的環境比較好，也比較溫暖，有上下鋪床和書架，架上散落著六、七本平裝書。

兄弟倆在下鋪肩並肩坐著，低聲交談，交換彼此的經歷並查看傷口。瘀青和傷口癒合得很慢。東尼聽說喬克已經出獄，感謝老天，這樣他們應該會比較安全。伍迪說起他和西奧會面的事，以及保釋金籌措到手的好消息，雖然他們還是要等到星期一才能保釋。

「西奧怎麼弄到兩千元的？」東尼問。

「每個人都出一點。媽、西奧、布恩家的人、我的朋友們、老師，還有很多人。連爸爸都籌了一筆錢。」

「爸？」

「是呀，很難相信吧。西奧說賈斯在臉書上沾沾自喜，嘲弄那場大冒險，吹噓他的律師即將採取什麼行動。好個王八蛋。」

「而且那傢伙星期三早上就出去了，多奇怪啊。要是讓我遇見他，非狠狠揍他一拳。」

他們開心地想像那個畫面，然後伍迪說：「連我自己都不信，不過我有點想念這間牢房，在經歷過他們為我安排的地牢之後。」

「我也是，我們一定得離開這裡。我不能過這種日子。最近想了很多，也許我會重回熟悉的生活，回到學校念點書，認真思考未來。」

「我也是這麼想。我一直想起媽媽，她的日子過得有多辛苦。我們這樣並不能讓家裡的情況變好，至少我們可以振作一點，在學校好好念書。」

「還有避免犯下愚蠢的錯。你知道的，伍迪，開車夜遊不會遇上什麼好事的，更何況是隔天要上學的日子，還喝了啤酒。那真的太愚蠢了，我想跟你道歉。我們根本不應該和賈斯到處閒晃，我覺得很抱歉，因為把你拖下水。身為哥哥，應該做好榜樣才對。我搞砸了，都是我的錯，伍迪。」

東尼把手臂搭在伍迪的肩上，捏了捏他的肩膀。「不會再發生這種事了。」

伍迪不喜歡被哥哥擁抱，但他的道歉打動了伍迪。「這不是你的錯，東尼，我們當時都知道自己在做什麼。」

「你才十三歲，這個年紀的孩子都會被比較年長的人影響，尤其是家人。我搞砸了，但我保證，絕對不會再發生了。」東尼把手移開，伍迪才稍稍放鬆。

「謝謝你。」他說：「我只是很高興我們又在一起了。」

「沒錯，而且我們要站在同一陣線。我們沒有做錯事，不能掉入賈斯和他的律師設下的圈套。懂嗎？」

「你說了算。」

第14章

星期六早晨，法蘭克・潘德格斯法官仍然穿著睡衣，在客廳的躺椅上小睡。昨晚又是一個幾乎無眠的長夜，連續十天，他的獵犬一到半夜就發狂，吠個不停，伴隨著嚎叫，一直衝撞廚房的門。他再度踏上門廊平台，難以置信地聽著這個社區的每一隻狗都在吠叫及歇斯底里地尖叫，彷彿在進行一場無限循環的大合唱。午夜時分，不知道是什麼刺激了狗，讓牠們全都發狂，一旦開始騷動，就會延續好幾個鐘頭。他找鄰居談過，每個人都沒睡好覺，他們也從未見過自家狗的行爲如此怪異。這就像是鬼魂挨家挨戶的拜訪，讓所有狗都陷入瘋狂。非得做些什麼不可，但究竟該做什麼呢？該如何逮捕一縷幽魂？

他再度打盹昏睡，忽然鈴聲大作，他伸手接起電話，但立刻後悔了。

一個熟悉的聲音說：「早安，法蘭克，我是瑪伽拉・布恩。很抱歉打電話到家裡給你，但事態緊急，希望沒有太打擾。」

喔，當然不會，瑪伽拉，這只是星期六早晨，我的休假日，我又剛好連續好幾天失眠，而且你稱呼我爲「法蘭克」，而非「潘德格斯法官」。

他吞了吞口水，然後說：「喔，早安，瑪伽拉，我有榮幸爲你做些什麼嗎？」雖然這麼問，但其實他心裡有底。

「是關於藍柏兄弟，法蘭克。他們還在牢裡。我們已經籌到保釋金，昨天下午就打算保他們出獄，但他們被下了禁令，說是因爲一場肢體衝突，非得等到星期一才能放他們出來。這簡直欺人太甚了。」

從瑪伽拉的聲音聽得出來，她百分之百相信自己的正當性，隨時準備好爲了目標戰鬥。他原本就很欣賞瑪伽拉，還有伍茲，而且他眞的不想惹麻煩。別的不說，光是在當地律師和法官組成的社交圈，大家都互相熟識，也盡可能融洽相處，無論爭辯的主題是什麼，任何大小衝突都沒有益處。這是一個文明的法律人社群，人人都以這份專業而感到自豪。

他站起來，搔搔頭說：「呃，我不太確定到底發生了什麼事，瑪伽拉，我不記得有什麼肢體衝突。」

「獄方說是你的意思，他們說是你要處罰兩兄弟在牢裡打架。這是眞的嗎？」

「不，沒這回事。我第一次聽說這件事。我不知道事情的來龍去脈。」

「聽著，法蘭克，我來告訴你發生什麼事。藍柏兄弟星期二晚上以持械搶劫的罪名被捕，那個開車並持槍的小子星期三早上就保釋出獄了，在社群媒體上洋洋得意。他家有錢，藍柏家可沒錢。兩兄弟一進牢裡，就被另一個叫做喬克的少年攻擊，我相信你一定知道那個孩子，而他也已經出獄了。我們已經用盡各種辦法，拜託別人借給我們那筆保釋金，一個人一千美元，雖然依我之見實在是過高的金額，但無論如何，現在已經籌到錢了，我們希望讓藍柏兄弟保釋出獄。就是現在。」

如果他們是在法庭，潘德格斯法官會考慮溫和地建議布恩太太稍微調整語氣，這樣讓他覺得像是在聽訓。不過法庭在遠方，他又站在家裡客廳的中央，還穿著睡衣，感覺那股力量漸漸流失。

他說：「瑪伽拉，我發誓我不知道他們打架的事。」

「那並不令人驚訝，那個拘留所像個動物園，而你也知道文件多麼容易遺失。我可以建議你打電話過去，指示他們放了兩個男孩嗎？我剛剛與保釋金經紀人談過，他可以在一小時後與我們在拘留所碰面。就像我所說的，法蘭克，我們有錢。」

那是一場愚蠢的衝突，而且並不嚴重，再加上他知道瑪伽拉不會輕言放棄。庭上大人眞的好想爬回他的躺椅，躲到毯子底下，繼續呼呼大睡。「當然囉，瑪伽拉。」

「謝謝你，法蘭克。幫我跟卡洛琳說，我們下週三午餐會見！」

「我會的。」

一個小時後，西奧和他媽媽在拘留所與黛西．藍柏碰面。行動保釋公司的巴柏．霍利先生準時抵達，臉上堆滿笑容。布恩太太從事務所的信託帳戶開了兩張一千美元的支票，藍柏太太在必要的文件上簽名。藍柏兄弟得再等一個小時才能獲釋。他們拿回自己的手機和個人物品，然後被送回媽媽身邊。他們走出拘留所時停下了腳步，並深深吸一口新鮮空氣，沐浴在陽光下。經過一輪擁抱與道謝，伍迪和東尼跳上車，藍柏太太駕車離去。

西奧和媽媽看著他們離開後，西奧說：「呼，這可眞不容易。」

伍迪面對第一個重獲自由的午後，更別說是個週六午後，他最不想做的就是拚命寫家庭作業，然而他別無選擇。依據他媽媽、蒙特老師、葛萊德威爾校長和西奧的協議，他老實地在下午兩點半到斯托騰堡中學報到，進行密集補救學習。

抵達學校時，他對自己偷偷承認，其實滿想念這個地方。在空蕩蕩的教室與西奧和蒙特老師碰面時，心裡也很高興。一開始的半個小時，他們都在聊牢裡的生活，伍迪開始享受說起自己的故事，穿插著一些笑聲，這時候他的法律糾紛彷彿都已煙消雲散。在蒙特老師的指導下，他們連續讀書讀了三小時。

那天晚上，伍迪那幫好友包括西奧、雀斯、布萊恩、賈斯汀、里卡多和艾倫，與他約在高孚優格冰淇淋店，享用一客冰淇淋，然後步行到市中心的戲院，看了《蝙蝠俠7》。晚上十點，伍迪回到家，和媽媽、哥哥一起看電視、吃爆米花，笑著說他們有多想念喬克那小子。

第15章

星期一早晨，全部的八年級生都知道伍迪重獲自由，已經回學校上課了。爲了避開大家的關注，伍迪提早到學校，安全地待在蒙特老師的教室裡。他臉上的傷還很明顯，但他懶得一直解釋。一方面，他對自己被捕以及相關的法律糾紛感到窘迫，但另一方面，能夠回到學校、和他的好朋友在一起實在讓人雀躍不已。而如果女孩們想對他微笑、打招呼，他也不介意。那天早上，大家歡迎他回來時，他說了好幾次：「是啊，是西奧救我出來的。」

西奧並不想要什麼功勞，他只是幫了一個需要幫助的朋友，如果必要，他還是會再次出手相助。他很高興看到伍迪臉上出現笑容，他們週末都在用功念書，伍迪似乎急著想跟上進度。他們的老師，包括教西班牙文的莫妮卡老師、教幾何學的卡曼老師、教化學的塔伯切老師，當然，還是有教公民的蒙特老師，每一位上課時都像伍迪從未缺席過一般，他們私底下都對伍迪說，可以爲他做課後輔導。

午餐時間，西奧和愛波．芬摩買了三明治到操場用餐。他們有好幾天沒說話了，西奧太專注於伍迪的保釋而忽略了她。愛波是個安靜、害羞的女孩，家庭環境不太好，她需要西奧的關注。她與眾不同、獨來獨往，喜歡閱讀和畫畫，穿著打扮被謠傳是「藝術家風格」，頭髮也剪得短短的。她沒有什麼女生朋友，也不太想要。其他的女孩忙著滑手機、聊八卦，愛波覺得她們沒什麼大腦。

「西奧，眞的是你救他出來的嗎？」愛波問。

西奧很少自吹自擂，他的父母教他要謙虛，讓行動說明一切。沒有人喜歡吹牛大王，他爸爸說過很多次，尤其在高爾夫球場上，很多人都喜歡吹噓自己有多厲害。

但是和愛波在一起，西奧覺得很安全，她絕對不會到處亂說。於是西奧深呼吸一口氣，然後把事情全盤托出。

星期一下午是拜訪艾克伯父的日子，西奧對這樣的例行安排感受很複雜，因爲艾克通常心情很糟，無論是對任何人或任何事，他都沒有一句好話。他是個孤單老人，身邊沒有家人，他的太太早在他入獄時就和他離婚了，成年子女也在遠方生活，忙得沒時間聯絡。不過隨著西奧年紀增長，他開始猜想，艾克是否眞的像外表看起來那麼不開心。他每週都會和一票退休律師和警察打牌一次，他知道的法庭八卦比誰都要多，他還參加一個只讀傳記的讀書會。艾莎有一次暗示西奧，其實艾克有個女朋友在別的城市。西奧懷疑，艾克的壞脾氣只是一種例行演出。

「我最喜歡的侄子好不好啊？」艾克問。西奧整個人坐進那張嘎吱作響的皮椅裡，法官在他腳邊安穩地窩著。每個星期一都是同樣的問題。

「我是你唯一的侄子耶。我的好朋友保釋出獄了，謝謝你借我那筆錢。」

「不用客氣。你朋友還好嗎？」

「他今天回學校了，受到英雄式的歡迎。你想聽聽持械搶劫的事嗎？」

「當然。」他坐在旋轉椅上一轉，從小冰箱裡拿出一罐啤酒和薑汁汽水。他調整音響上的旋鈕，將巴布．迪倫的歌聲調小到幾乎聽不見。然後打開易開罐，把雙腿往桌上一擱，又是同一雙涼鞋。

西奧開始描述那件用水槍進行的持械搶劫。故事結束後他問：「伍迪會怎麼樣？」

「他可能會被這裡的人判死刑。」

「拜託，艾克，他們不能判定他犯了任何罪，不是嗎？」

「他有好的律師嗎？」

「公設辯護人。」

「那裡有些人還不錯。我和少年法庭不熟，西奧，我被逮捕的時候，已經離青少年階段相當遙遠了。」

「而且你是稅務律師，對不對？」

「沒錯，我和刑事法庭保持距離，直到他們來抓我。你的學校成績怎麼樣？」

「很完美。」西奧立刻回答。他早就知道，只要不是全A的成績，就會換來一頓教訓，告訴他更努力念書的好處。有多少大人密切注意他的成績？太多了。

艾克灌了一大口啤酒，然後問：「布恩&布恩法律事務所的狀況如何？」

「老樣子囉，大家都太拚命工作了。」艾克在西奧出生之前，與西奧的父母同爲事務所的合夥人。

「你媽媽呢？」

「她很好。」艾克從來不問候他的弟弟伍茲．布恩。「艾克，可以問你一個問題嗎，可能是有點越界的問題？」

「也許吧，你想問什麼？」

「很久以前你惹上了麻煩。」

「那不是我會談論的事，有一天等你大一點，也許我會解釋給你聽，也許不會。」

「好，我不是要問你做錯了什麼，如果你眞的犯了錯。我是要問你，你當初需要繳保釋金出獄嗎？」

艾克又喝了一口啤酒，盯著天花板上的風扇看了許久。西奧突然開始擔心，他已經擅入禁區。

艾克說：「我的情況不一樣，我知道警方要抓我，所以是在律師的陪同下前往警局。先被拍照、採取指紋這一類，又在牢房裡待了一個鐘頭，然後就憑身分證被釋放了。所以，答案是否定的，我沒有被逼著繳保釋金。」

「保釋制度似乎並不公平。我在網路上找到一篇文章，作者是一位法律學者，他說很多窮人因爲一些不嚴重的罪名被關在牢裡，像是在店裡行竊、開空頭支票、小毒品案、駕照過期這一類的事。而且還是在他們理應假設爲無罪的時候，離出庭日還有一大段時間。很多人因此丟了工作，也有很多母親被迫與孩子分開，就只是因爲他們繳不起保釋金。」

「他說得沒錯，這是長久以來的問題。他有提到解決方案嗎？」

「很明顯的，就是要免除這些人的保釋金，讓他們回家。他說這些人幾乎全都會依傳喚出庭，保釋金制度只需保留給暴力犯罪和重大罪行。」

「你喜歡讀這種文章？」

「是啊。」

「和你同齡的孩子大部分都喜歡看漫畫、打電動，而你卻在研究國家司法體系的問題。」

艾克覺得很有意思，啜了一小口啤酒。

「對啊，我讀得愈多，就發現愈多問題。」

「西奧，我們的司法體系其實滿好的，比很多國家都好，不過如果我們能解決一些問題，這個系統就會運作得更有效率。」

「保釋制度改革、對非暴力傾向的罪犯判處長期監禁、大規模監禁、法官選舉制度，我發現好多文章都在探討司法制度有多麼糟糕。這眞的很令人沮喪，艾克，尤其對一個想成爲律師的小孩來說。」

「所以你想怎麼做呢？」

「我不知道，我才十三歲，而且我爸媽在我念完大學之前，不准我去學法律。」

「聽起來好殘酷。」

「比殘酷更嚴重，所以我猜等我長大之前，大概只能在旁邊看著這些問題。」

「誰說你得等？去研究伍迪的案子、觀察發生的事。好好研究我們的少年法庭系統，你會發現很多問題，有人告訴我，少年監獄的狀況一團糟。西奧，我們說的是孩子的事，就像你一樣的少年，所以何不開始介入、改變現況呢？我敢說，你一定能找到很多試圖改革少年法庭的團體。」

「我已經發現好幾個了。」

「那就是了，趁現在採取行動，不要等十年後，這些問題會愈來愈惡化。」

西奧小口喝著薑汁汽水，思考艾克所說的話。「我不知道，但我現在很忙。」

「聽起來就像你爸媽的口吻，非得談論自己有多忙才會開心。西奧，你才十三歲，不是四十歲喔，不要落入隨時盯著時鐘看的框架，忙著計畫每一天的每分每秒。你知道約翰．藍儂是誰吧？」

「披頭四？」

「對，就是他。他寫的歌詞很有智慧，我記得有句名言是這麼說的：『你忙著做人生規畫時，那些發生在你身上的事才是人生。』懂嗎？」

「大概吧。」

「西奧，當你發現問題時就想辦法解決它，不要忙著做計畫。」

「艾克，那你想要解決什麼問題？」

「沒什麼，我沒有看到任何問題，而且我太老了。現在你可以閃了，這樣我才能把這堆文件寫完。」

「下週見囉。」

第16章

星期二早晨，西奧站在他的櫃子前，一股畏懼之情盤旋不去。由於前一晚熬夜閱讀那些討論美國保釋制度有多糟糕的文章，他覺得疲憊不堪，讀得愈多就愈感到挫折，於是輾轉難眠。過了午夜時分，才終於開始打瞌睡，連筆電都沒關。

一個小小的聲音從他身後傳來：「呃，西奧。」

他轉身看見一個陌生的男孩，身形瘦小、髮色偏深。男孩一看到他回頭，立刻變得很不安，他左右腿輪流替換重心，一邊掙扎著想說些什麼，一邊四處張望。看起來不是嚇壞了，就是受到脅迫。

「怎麼回事？」西奧說。他認出這男孩是七年級生，但不知道名字。男孩拿著一張紙，乍看之下與學校功課無關。

「我是羅傑，警察昨天把牠帶走的時候，給了我媽媽這張紙。」他有點像是把那張紙硬塞給西奧。西奧瞥了一眼，立刻明白問題所在。

「規則三傳票。」西奧說：「是動物法庭。」

羅傑說：「聽說你很會處理這種案子。」

「被告叫什麼名字？我從文件上看不出來。」

「魯福，是我們家的寵物，牠是一隻法國垂耳兔。」

好的，西奧心想。在他的動物法庭生涯裡，已經處理過兩隻狗，法官是其中一隻，還有一頭愛吐口水的駱馬、會昏倒的山羊、逃家的鸚鵡，以及一隻把鄰居養的一池胖金魚當成海鮮大餐的水獺。垂耳兔倒是沒遇過。「這裡說牠的違法行爲是『持續妨礙夜間安寧』，你知道是什麼事嗎？」

「我也想不透。我們讓魯福在家裡自由走動，我爸媽不贊同把動物關在籠子裡。魯福有一扇通往後院露台的專用門，有時候牠會消失幾個小時，但最後一定會回家，尤其是在餵食時間。西奧，牠是一隻好兔子，是我們的家人，我們養牠已經五年了。西奧，他們會怎麼對待魯福呢？」他的嘴唇顫抖，聲音粗啞，西奧擔心他隨時可能會在走廊上放聲大哭。顯然魯福被捕的事，對羅傑和他的家人造成嚴重打擊。

「這個嘛，要看在法庭上辯證的結果而定。如果魯福被判有罪，的確威脅到公共安全或社會安寧，動物法庭有權監禁牠。」而且他們還可能讓魯福永遠安眠，不過西奧不打算說那麼多。羅傑看起來很脆弱，應該承受不起那可怕的訊息。

「牠只是一隻垂耳兔啊，西奧，不是什麼危險動物。」羅傑說，音調愈來愈高亢。「這根本沒道理可言！」

「聽著，這裡說今天下午四點要在動物法庭舉行聽證會。」西奧知道他沒時間準備，也知道羅傑正想請他幫忙。

「西奧，你願意接這個案子嗎？大家都說動物法庭裡你最厲害了，每次都打贏。」

西奧一時驕傲的情緒高張，他在動物法庭的紀錄是六次完勝，雖然除了他自己，大概沒人在算他的成績。他當然不會吹噓這件事，因爲他的朋友沒有人能理解，幾乎沒人聽過動物法庭。

要拒絕是不可能的，他的父母相信，身爲律師很重要的一點就是要運用自己的職位，幫助那些需要幫助的人，不管對方是否有能力支付酬勞。十三歲的西奧並沒有律師執照，不能眞的收取費用，所以他從來沒有費心想過錢的事。但要是讓可憐的魯福被動物法庭扣留，而羅傑一家人爲他們摯愛的兔子擔心個半死，那也未免太殘酷了。

西奧牙一咬，雙眼直視著羅傑，將手放在他的肩膀上說：「好，我接了。我們下午四點動物法庭見。」

西奧在開庭前十分鐘走進位於地下室的動物法庭，發現沒有什麼人旁聽，覺得鬆了一口氣。過去他負責的某些案件曾引來很多人關注，增加不少心理壓力。儘管西奧心中非常嚮往法庭，等到審判眞正開始時，他還是偏好現場人數不要太多。一如既往，西奧的胃糾結成一團，他曾經聽一位老律師說：「如果你到了法庭卻不緊張，那你就跑錯地方了。」

少年法庭裡有一條走道，將空間一分爲二，兩旁都有很多摺疊椅。西奧在前排座位看到羅傑，隨即上前打招呼。羅傑的媽媽和他坐在一起，她留著金色短髮，身上穿著一件詭異的綠色T恤，看起來很緊張。

他們看到西奧彷彿鬆了口氣。羅傑說：「這是我媽媽，愛麗絲．柯爾。」她緊緊捏住西奧的手，像個溺水的人，然後說：「西奧，很高興認識你。羅傑說魯福的事由你負責就對了。」

「謝謝你，我會全力以赴。」

「他們不會……」她忽然不自然地用雙手摀住羅傑的耳朵，接著繼續說：「讓魯福安樂死，不會吧？」羅傑扭動身體，用氣音喝止：「媽，拜託！」

「那不太可能。」西奧放低聲音說，試著忽視他們母子之間的戲碼。「我不會眼睜睜看著那種事發生的。除非法官認爲動物被告冥頑不靈，對大眾造成持續不斷的威脅，而且無法以任何方式改善才會那麼做。」

西奧說話時，留意到一位鬈髮的年輕女士從走道過來，手臂夾著一疊資料夾，她穿著正式服裝，散發出一種重要人物的氣質。西奧在法院裡看過她好幾次，推測她可能是地方檢察機關新聘人員；傑克．荷根通常會先送新手到動物法庭，從簡單的偵查庭訊中獲取經驗。她將那疊文件放在檢察官席那張單薄的桌子上，打開其中一個資料夾，彷彿在準備重大訴訟。

西奧點頭示意，羅傑和愛麗絲跟著他走向被告席。新手走了過來，露出大大的笑容，對西奧伸出手說：「我是檢察官辦公室的碧特妮‧柯林斯。」

西奧跟她握手，然後說：「我是被告這邊的西奧‧布恩。」

她覺得對手的身高和年齡太有趣了，卻仍然保持笑容。她長得很可愛，西奧一眼就喜歡上她。「你代表誰辯護呢？」她問。

「兔子魯福。待審資料上的第一宗案件。」

「啊，當然是牠，那個在鎮上引爆騷動的小傢伙。」碧特妮轉身向旁聽席點點頭。檢察官席後方的座位瞬間出現大量群眾。不管魯福究竟做了什麼，牠顯然惹火了很多人，旁聽人潮持續湧入。

太好了，西奧心想，整個法庭的人都與他為敵。

西奧忽然想起來，他完全沒有做準備，這可是犯了辯護律師的大忌。他白天沒有時間與客戶開會、蒐集證據。除此之外，少年法庭的審判不允許開庭前顯示證據，而且辯方往往無法得知檢方已取得的證據。這個法庭通常不會有律師，只有兩造當事人在庭上為了亂叫的狗或走失的牛展開口舌之戰。

碧特妮再度露出迷人的笑容，然後說：「別對我下重手啊，西奧。」

「呃，你是指什麼？」

「我聽說你在這裡是個殺手級的人物。」她眨眨眼，輕快地離開。西奧不知道該說什麼，他再次環視法庭，發現多數人穿著得體。會來動物法庭的人通常階級較低、生活較清苦，他們不會請律師，而且家裡養的動物有很多問題。

西奧吞了吞口水，猜想自己到底惹來什麼事。魯福的事看起來像是再平凡不過的動物法庭案件，他已經解決過六次，不過這次他完全沒有準備，對手還是那位長相甜美、令人緊張的助理檢察官。他從父母那裡學到，不要相信開庭前或談判前律師之間愉快的閒聊，每位律師都有其職責所在，即便對方很健談，這不表示他們不會採取各種可能的手段獲勝。碧特妮的魅力讓西奧忍不住擔心，她肯定會引起葉克法官的注意。

西奧回到羅傑和他媽媽身旁的座位，輕聲地問：「你們知道爲什麼有這麼多人來旁聽嗎？快告訴我，我需要所有的資訊。」

愛麗絲搖搖頭，表示不知道。

羅傑說：「眞的不曉得，只知道我們上床時，魯福都睡得很熟，可是一到早上，牠就會滿身塵土和荊棘從外面回來。每天早上我都得幫牠洗澡。魯福會出去夜遊，不過我們不知道牠去了哪裡。」

「眞是太好了。」西奧喃喃自語。

動物法庭的庭務員站在法官席旁邊大聲宣布：「請各位入座，動物法庭即將開庭，由葉克法官主審。」

葉克法官從一扇側門從容地走向感覺不太穩固的法官席入坐。和平常一樣，他穿著牛仔褲、牛仔靴，沒有法官袍這種東西。他是一位在斯托騰堡執業的律師，戰績彪炳，也是唯一一個同意兼任動物法庭法官的律師。雖然老是抱怨工作，但他的朋友都知道，其實他很喜歡這份差事。

「午安，柯林斯女士。」他邊說邊露出大大的微笑。

「午安，庭上。」她回道。西奧立刻明白，這兩人不是第一次見面，從他的經驗判斷，葉克法官喜歡漂亮的女孩。

「喔，每次都很高興見到你，西奧。」他說。

「謝謝您，庭上。我每次來這裡都覺得很榮幸。」

庭上看了看他的卷宗，然後說：「我們的第一件案子是兔子魯福先生的扣押。西奧，我想你是代表柯爾家來的，兔子的主人。」

西奧點點頭，坐著回答：「是，庭上。」

「好，柯林斯女士可以先發言，請簡短說明狀況。」

碧特妮手裡拿著黃色筆記本，很專業地起身，雖然在這裡並不需要起立。她開始陳述：

「好的，庭上，有許多人抱怨，兩個星期以來，橡葉街和市場街一帶，到了晚上就會展開一場響亮又漫長的狗兒大合唱，房子裡的、院子裡的和路上的流浪狗，一隻隻都變得異常激動，而且連續幾個小時又是狂吠又是長嘯，彷彿有人在指揮。這樣的噪音持續不斷，導致附近居民難以成眠。今天有許多居民來到現場，他們疲憊不堪，而且全都受夠了。」

西奧往後瞥了一眼，真不該回頭的，他看到整個法庭塞滿了疲憊不堪、而且看起來再也無法忍受的人。

「每天晚上，這場秀大概幾點開始？」葉克法官問。

「庭上，說來奇怪，每天都在午夜十二點準時開始，無論陰天或晴天。時針一指向十二，附近的狗就開始發狂。在家裡沉睡的狗只要聽到遠方傳來吠叫，接著牠們就會開始發作。而且在周邊社區迅速蔓延，所有的燈都亮了，每個人都醒了。」

「你有證人嗎？」葉克法官問，看著滿庭的聽眾。

「至少有二十位。」

「這樣啊，我們不需要二十位，我想本庭已充分理解你的意思。就挑兩位最合適的來聽聽看吧。」

「檢方傳喚證人艾瑪．都菲爾女士。」

都菲爾女士立刻起立，擠到前方。這是一位年約五十歲的女性，容貌可親。她在法官席前方停下，舉起右手，宣誓所言句句屬實，然後坐在摺疊椅上。

碧特妮簡短地說：「好，都菲爾女士，請說說看你的故事。」

證人迫不急待地開始說：「好的，您已經聽到我們的經歷，簡直糟透了。我們累壞了，所有的狗都變得緊張兮兮，還不只是晚上。我們得帶里歐去看狗心理醫生。」

葉克法官身體向前靠，然後說：「抱歉，請問里歐是哪位？」

「我們的狗，牠是一隻拉戈托犬。」

「一隻什麼？」

「拉戈托犬，一種義大利水獵犬。」

「喔，當然，但牠去看了心理醫生？」

「是的，庭上。牠原本就有點神經質，不過是一隻很貼心的小傢伙。最近的騷動讓牠非常不開心，我們不得不讓牠服用抗憂鬱劑。」

「然後呢？」

「然後就在兩週前，我半夜醒來，有點像是在等煙火大秀，很篤定會準時開演。里歐這陣子雖然有點昏沉，但仍保持警覺，奔向牠在窗邊吃早餐的角落，開始對著露台狂吠。我慢慢走到客廳的窗邊，在黑暗中看到一隻兔子。好大一隻兔子。他跳上我們家露台的木頭地板，用後腿用力往下蹬，發出噪音。他瘋狂地繞圈圈、蹬地板，像是在跳舞，木板砰砰作響，里歐也更加失控。因爲露台沒有裝設電燈，所以我打開泛光燈，但兔子已經消失無蹤。我把燈關掉，等了又等，他果然回來了。我在黑暗中看到他的剪影。他又開始用後腿蹬地板，實在吵得不得了，但我一開燈，他又消失了。他彷彿有第六感，知道什麼時候燈會亮起來。」

碧特妮問：「好的，所以你能形容那隻兔子的外型嗎？」

「嗯，可能吧，他很大，比我看過的任何一隻兔子都大得多，還有明顯的垂耳。」

碧特妮轉向西奧說：「換你詰問證人了。」

西奧拿著黃色筆記本起身，一副律師模樣。他對證人微笑著說：「好的，都菲爾女士，你能確認那隻兔子的性別嗎？」

「呃，這個嘛，唔……老實說，我不知道。」

「但你反覆用『他』來指稱這隻兔子，對嗎？」

「沒錯，不過我想那只是一種習慣。」

「了解。所以你不知道兔子的性別，那你知道牠的顏色嗎？」

「可以再說一次嗎？」

「都菲爾女士，你說露台上非常暗，又沒有燈光。你在黑暗中看到一個影子，請問那隻兔子是白色、灰色、棕色、黑色、黃色，還是多種花色？請試著形容那隻兔子。」

「嗯，我想是深色的。」

「深灰、深棕還是黑？」

「我眞的不確定。」

「好的。根據『動物紀錄大全』，一共有大約九十種不同的兔子，我們現在討論的這隻兔子是哪一種呢？」

「喔，我眞的不清楚。」

「庭上，沒有其他問題了。」

「請回座。」葉克法官微笑著說。他其實很想對西奧眨眨眼，但那樣會顯得很不專業。

「請傳喚第二位證人。」他說。

碧特妮起身。「檢方傳喚法蘭克·潘德格斯法官。」

西奧差點沒昏倒。彷彿在過去一個月，他覺得自己爲了伍迪和東尼的案子，每天都在少年法庭遊說潘德格斯法官。現在，他竟然要交叉詰問❷這位法官大人？

而這場審判中的一位證人是受人尊敬的法官，要如何維持公平性呢？西奧想駁斥他的證詞，卻想不出任何理由。更何況他知道，葉克法官無論如何一定會讓他的同事作證。

---

❷交叉詰問（cross-examination），指法院開庭審理時，當事人向對方律師傳喚的證人提出詢問。

在他宣誓並就位後，碧特妮立刻抓緊時間問：「潘德格斯法官，您是簽署陳情書的三位鄰居之一。可以請您解釋一下緣由嗎？」

「當然，誠如都菲爾女士所言，這場騷動已經持續了兩週。我和太太養了一隻名叫巴尼的獵犬，就睡在一樓，這陣子牠非常不安。你聽過獵犬半夜在屋子裡嚎叫的聲音嗎？」

「不，我想沒有。」

「啊，那聲音是會讓你終生難忘的。上週日晚上，我衝下樓陪巴尼，想安撫牠的情緒，同時聽到方圓好幾公里外傳來狗吠聲。露台上閃過一個影子，我一開始以爲是隻大老鼠；我們家院子裡老是躲著那些鼠輩。我將燈的開關一開，那傢伙不見了，無聲無息，毫無預警。於是我關了燈等牠回來，然後聽見露台上傳來砰砰聲，巴尼再次發狂。我慢慢走到窗邊，瞥了一眼，那個小無賴不是老鼠，是兔子，是一隻棕毛巨兔，後腿特別發達。牠一邊跺腳、一邊繞圈圈，像是在跳什麼戰舞。我再度伸手開燈，開關一開，牠又消失了。」

「然後發生什麼事了？」

「我把燈關了，繼續等待，但牠已經離開了。巴尼整個晚上都焦躁不安，而且我可以聽到整個社區的狗不停地狂吠。」

「然後你做了什麼事？」

「嗯，你可能已經猜到了，這些脫序行爲在我們這個住宅區造成很大的騷動，弗瑞德·寇格是我們旁邊第四戶，他認識柯爾一家人，他們大概住在三條街之外。弗瑞德看過他們家的兔子，那隻叫做魯福的傢伙，也知道柯爾家容許魯福在夜間自由行動。他們家應該有寵物專用門，而且不認同把動物關在籠子裡。我們討論了一番，最後決定通知動物法庭，所以我們來了。」

碧特妮說：「庭上，現在我想傳喚被告。」

葉克法官說：「當然，讓牠進來吧。」

一位動物法庭庭務員打開一扇門，消失在門後，然後拿著一個大籠子回來，放在法官席下方的桌面上。每個人都伸長脖子，想一窺嫌犯的眞面貌。只見魯福正在大嚼羽衣甘藍，對正在進行的審判絲毫不關心。

碧特妮指著兔子問：「好，潘德格斯法官，這就是您兩天前在自家露台上看到的那隻兔子嗎？」

「我相信是牠沒錯。」

「謝謝您，我將證人交付給辯護人。」碧特妮說，隨即坐下。

西奧緩緩站起來，對於自己即將交叉詰問這位他很尊敬的法官感到很惶恐，更不用說現在整個法庭擠滿了人，讓他緊張得要命。而且他只是個十三歲孩子，要對抗滿屋子的大人。

他對證人微笑，潘德格斯法官也對他微笑，畢竟面對一個少年律師還滿新鮮的。

西奧用力嚥下口水，開始艱鉅的任務。「潘德格斯法官，根據證詞，您自家的露台在晚上是漆黑的，是嗎？」

「是的。」

「要讓露台變得明亮，您得從室內打開電燈開關嗎？」

「是的。」

「所以說，差不多在午夜時分、四周昏暗的情況下，您在露台上看到一個身影？」

「我就是這麼說的，西奧。」

「可以請您看著魯福嗎？您是否同意魯福的毛色是淺棕色，帶著一些白點，而且就兔子而言，牠的體型很龐大？」

「我想是這樣沒錯。」

「那麼您是否同意，牠看起來一點都不像老鼠？」

「是的，牠不像老鼠，但那只是我的第一印象。幾分鐘後，我更清楚看到牠的模樣。」

「在黑暗中嗎？」

「是，的確是光線昏暗。」

「事實上，您從未在開燈的情況下看到這隻兔子，是嗎？」

「我沒有。」

「而過去兩個星期以來，您因失眠而精疲力竭，那是否可能影響您的視線？」

「或許吧，但並沒有。我看到那隻兔子了，西奧，我很肯定。」

「好的，法官，請問您知道那一帶住著多少寵物兔嗎？」

潘德格斯法官嘆口氣，像是對整齣戲碼感到挫折。一位受人敬重的法官坐在地下室的動物法庭裡，讓一個十三歲的毛頭小子這樣折磨，的確是有點過分。

「不，我不知道。你知道嗎？」

「現在是由我提問，法官大人。請問魯福是社區裡唯一的兔子嗎？」

「我不知道。」

「謝謝您，我沒有其他問題了。」

碧特妮一躍而起，然後說：「庭上，我還有一個問題。」

「問吧。」葉克法官對這個案子已經有點厭煩。

「潘德格斯法官，您是和其他兩位居民在星期一早晨送出陳情書，魯福因此遭到拘留，對嗎？」

「是這樣沒錯。」

「昨天晚上還有任何動靜嗎？」

「一點聲響也沒有，每個人都安然入睡，兩個星期以來第一次睡得這麼好。」

「庭上，檢方詰問結束。」她坐下，潘德格斯法官也走回他在法庭後排的位置。

葉克法官看著西奧說：「辯方呢？」

西奧說：「是，庭上，辯護人傳喚證人愛麗絲．柯爾女士。」

她發誓句句屬實，然後走向證人席。還沒發言之前，她看著籠子，露出隨時會哭出來的表情。

西奧鍥而不捨。「好的，柯爾女士，請問您是這隻兔子的主人嗎？」

「這個嘛，呃，我想是吧，牠是我們全家人的兔子。」

「請告訴我們一些關於魯福的事。」西奧想在葉克法官決定是否讓魯福安樂死之前，先增加他對這隻小動物的認識。

柯爾女士臉上出現一抹傻氣的微笑，然後說：「噢，魯福實在太神奇了，牠是一隻法國垂耳兔，兩隻耳朵下垂，就像你們看到的，而且牠比一般的垂耳兔還大。這個品種的兔子大多數的體重約為四點五到八公斤，但是魯福將近九公斤重。牠一天到晚都在吃東西。我們大概在五年前的復活節買下牠，孩子們就像是和牠一起長大。牠是我們的家人。」

「那牠在家的活動空間在哪裡？」

「到處都是啊，牠在洗手間的吹風機旁邊有一張小床，孩子們都在那裡餵牠吃東西，不過牠可以隨意移動。」

「牠也可以隨意離開家嗎？」

「我想是。我們在廚房的門上裝了一個寵物門，這樣牠就能隨時到後院遛遛。牠常常跑到後院玩，尤其是天氣溫暖的時候。」

「後院有圍籬嗎？」

「當然有，魯福只能在這個範圍裡活動。我從來沒發現牠跑到鄰近的社區遊蕩，像剛剛那些人說的那樣。」

「牠有可能跳過圍籬嗎？」

「噢，我想不可能，從沒見過牠那樣做，牠是一隻很守規矩的兔子。」

「過去兩個星期以來，你可曾注意到魯福有什麼不尋常的地方？」

「這個嘛，有，老實說，我們……」

「請實話實說，柯爾女士。」葉克法官說：「你剛剛宣誓了，記得嗎？」

「是，庭上。我們每天早晨都發現魯福全身沾滿塵土、泥巴和荊棘，可是去檢查後院的圍籬，也沒發現任何可以溜出去的缺口，我真的不懂。我們每天早上都要幫牠洗澡。」

忽然間，魯福像是醒了過來，開始用一條後腿用力蹬籠子的地板，籠子搖搖晃晃，發出連續巨響，接著開始往桌子邊緣晃動。魯福看起來既狂亂又惱怒，牠用前腳拍打籠子的門，嘶啞地叫著，像是在高聲尖叫，感覺牠也想吠叫或咆哮，卻不知道該怎麼做。

柯爾女士驚慌地呼叫：「可憐的傢伙，牠氣壞了，牠從來沒有被關在籠子裡，看看他們對魯福做的好事。」

魯福轉身背向法庭，暫停了一秒，然後開始放屁，屁聲並不響亮，濃度卻高得臭死人。強烈的臭味迅速蔓延開來，而當牠放完屁之後，又開始用後腿用力踏地。

葉克法官向動物法庭的庭務員嘶吼：「帶牠離開！」那可憐的傢伙膽怯地靠近籠子，把它提起來，然後帶著魯福離開法官席，穿越側門，飛快地消失不見。

那股臭氣在法庭裡流連了一會，葉克法官眞的受夠了。「西奧，你問完了嗎？」那聽起來比較像是命令而非提問，於是西奧說：「是，庭上。」

「柯林斯女士，要進行交叉詰問嗎？」

碧特妮起立，很有智慧地說：「庭上，我想我們都已經問夠了。我想在此提出和解，以避免讓魯福安樂死這類棘手的議題。檢方並不想那麼做，至少這次不會。」

「噢，感謝老天！」在證人席的柯爾女士驚呼，用雙手摀住嘴巴。

葉克法官說：「柯爾女士，你可以回座了。現在請雙方律師上前。」

西奧邁開大步，走向法官席，彷彿是已有二十年經驗的老練律師。碧特妮對他微笑，然後說：「你先請。」他們在法官席前停下，葉克法官俯身向前，低聲說：「這一次我饒牠一條小命，但下一次，我會叫行刑隊來處理。」他覺得自己很幽默而微笑，不過另外兩位可笑不出來。葉克法官揮手驅離他面前最後一絲尚未飄散的餘屁。

葉克繼續說：「西奧，一定有什麼簡單的法子能讓那隻兔子晚上乖乖待在屋裡吧？他們不能把寵物門上鎖嗎？」

「我看不出來有任何困難，庭上。」

「我想應該很容易。」碧特妮說。

葉克法官看著法庭內的群眾說：「好的，這件事情解決了。我下令讓兔子魯福立刻回到牠的主人那裡，但牠被處以緩刑；我下令柯爾一家人確保魯福在夜裡待在室內，每天晚上都得如此。萬一牠再度離家，去折磨鄰居的狗，我將不得不下令逮捕牠，並處以死刑。柯爾女士，聽懂了嗎？」

儘管還在哭泣，她仍然擦擦臉上的淚水，點頭表示肯定。

「西奧，還有問題嗎？」

「不，沒問題了。謝謝您，庭上。」

旁聽的群眾匆匆離開法庭，知道這隻兔子被告將被鎖在室內，多數人都鬆了一口氣。魯福也被交還給羅傑和柯爾女士，兩人抱著魯福，像是在呵護小寶寶一樣。

出了法庭之後，他們向西奧道謝，還不停地恭喜他。

西奧騎著腳踏車離去時，忍不住驕傲地低語：「七勝，零負。」

第17章

賈斯．塔克的家人擁有一家建設公司，他們專門在州際公路上興建廉價的汽車旅館。賈斯的父親從他爺爺那裡繼承這家公司後，以精明的生意人形象著稱。因此他雇用克利弗．南斯當他兒子的辯護人，並不令人驚訝。

克利弗．南斯大概是方圓十里內最厲害的刑事訴訟律師。西奧看過他出庭好幾次，最近一次是彼得．達菲的殺人案。如果一宗案子裡出現克利弗．南斯的身影，就表示涉及重大犯罪，而且被告財力雄厚，可以雇用頂尖高手。

星期三早上九點，南斯坐在被告席，年輕的賈斯坐在一旁。爲了這個場合，他特別換上深色西裝和領帶，顯然還去過理髮院。他看起來是個帥氣的年輕紳士，絕不可能犯下任何罪行。他的父親坐在他身邊。

甘崔法官坐在法官席上，快速翻閱文件，奮力爬梳厚重的卷宗。他說：「早安，今天第一件案子是賈斯．塔克先生的初期聽證會，請記錄被告在律師克利弗．南斯先生的陪同下出庭。檢方準備開始了嗎？」

傑克．荷根是一位經驗豐富的檢察官，他起身說：「是，庭上，我相信您手上有警方報告，以及指控罪名的概述。」

「是的，這邊都有。請容我提醒各位這只是初期聽證會，不是正式審判，請長話短說。」

「當然。檢方傳喚克萊．漢姆先生上前。」

漢姆先生早就在陪審團旁等待，他向前一站，準備宣誓。一坐上證人席，漢姆先生就對法官微笑，試著讓自己看起來不那麼緊張。

傑克．荷根檢察官問了一些基本問題，以建立下列事實：克萊是柯氏雜貨店合夥人，那是一家在斯托騰堡北邊的便利商店，夜間不打烊，位於二十二號公路旁。十月十八日晚上約十一點，他在櫃檯後面做事，那天晚上的速度有點慢。店裡沒有其他人。後來走進一個年輕人，他到冷藏櫃提了一箱啤酒帶到櫃檯，然後說他沒錢，隨即從口袋裡拿出一把槍。年輕人用槍指著克萊，要他打開收銀機，他照做了。克萊後退一步，雙手舉高，求對方不要開槍。

荷根檢察官問：「你在法庭裡看到那個年輕人了嗎？」

「就在那裡。」克萊指著賈斯說。

「接下來發生什麼事？」

「他拿了現金塞進口袋，然後提起啤酒，離開時卻拿槍指著我的鼻子，扣下扳機。我差點昏倒，溫水柱射向我的眼睛。他笑著說：『砰砰！不准報警，不然就讓你腦袋開花。』」

「然後你做了什麼事？」

「呃，有一、兩秒的時間我嚇得不敢動，只是杵在那裡。然後我聽見他關上車門的聲音，於是我走到窗邊，看著他開車離去，高速轉動輪胎，將碎石子噴得四處飛濺。他一離開，我馬上將前門上鎖，報警處理。」

「他開的是什麼車？」

「一輛綠色的野馬跑車，那種加強性能的改裝車。」

「他從收銀機裡拿走多少錢？」

「兩百一十四元。」

「好，漢姆先生，他用槍指著你的時候，你知道那是玩具槍嗎？」

「不，我完全不知道。那玩意看起來像眞的，我嚇得半死。當時我以爲自己已經死了，我是說，我的心臟像是停止跳動，有一、兩分鐘幾乎無法呼吸。」

荷根走向法官席前的一張桌子，拾起一把裝在塑膠袋裡的手槍。他小心翼翼地取出，將手槍交給克萊。「看起來很眼熟嗎？」

克萊接過手槍，仔細檢查後說：「這看起來就像他用來瞄準我的手槍。」

「謝謝你。」荷根將手槍放回桌上。「好，漢姆先生，你的店裡有監視攝影機嗎？」

「是的，店裡到處都有。」

傑克．荷根檢察官推了一個大螢幕過來，法庭的燈光隨之調暗。有四台攝影機拍到賈斯到柯氏雜貨店的短暫拜訪。第一台攝影機在外頭，俯視著加油泵。鏡頭的某個角落拍到野馬跑車抵達現場，賈斯跳下車，幾秒鐘後，又拍到他提著啤酒回到車上。第二台攝影機裝在店裡面，用來拍攝出入的顧客。這台也有拍到賈斯，清清楚楚，他先走進店裡，環顧四周，沒多久他就拿著啤酒離開。第三台攝影機高高架設在雜貨店最內側，面向裝滿了啤酒、瓶裝水和含糖飲料的大型冷藏櫃。這裡拍到賈斯用力開門，拿出啤酒後消失。第四台攝影機藏在收銀機上方，仔細捕捉了賈斯的每個動作，他將啤酒放在櫃檯上，拿出手槍，然後對克萊說了些什麼，再搶走現金，最後瞄準對方，扣下扳機。

到底是哪種白癡會對到處都是攝影機的店家行搶？

在法庭旁聽席的前排位置，伍迪和東尼坐在他們的律師羅德尼．沃爾先生旁邊。他們其實不想參加這場聽證會，但無論如何，沃爾先生希望他們出席。檢方究竟掌握了多少證據，這對他們來說很重要。克萊一一說明每段影片時，羅德尼．沃爾側身對東尼悄聲說：「這傢伙是個白癡。」

東尼點頭表示同意，然後低聲說：「他聲稱當時喝醉了，不知道自己在做什麼。」

沃爾先生搖搖頭。這些影片都沒有拍到藍柏兄弟在車上的蛛絲馬跡。

法庭的燈都亮了，克萊．漢姆離開證人席。

下一位證人是一位穿著深色西裝的警探。傑克．荷根將手槍交給他，請他指認。他說：「我們在賈斯．塔克先生的左前方口袋裡找到這把槍，這是一把水槍，但外型完全仿製九毫米魯格手槍。而且我必須承認，它做得很成功。細節維妙維肖。在三公尺外，我無法分辨這把水槍與眞槍的差異。」

「製造商是誰？」

「我不知道這把水槍是哪裡做的，不過我們在台灣找到一家玩具工廠，他們製造各式各樣的水槍。顯然有好幾家製造商。」

伍迪深表同意。賈斯扣下扳機時，他還記得自己看著那把手槍的恐懼。剎那間，他嚇得無法理解到底發生了什麼事。

「庭上，檢方沒有問題了。」傑克．荷根說：「檢方請求將此案送交陪審團，進行審判。」

甘崔法官問：「南斯先生呢？」

克利弗．南斯微微起身說：「現階段沒有疑問，庭上。」要想替他的客戶辯護，現在不是對的時間，這裡也不是對的地點。就像多數高明的刑事案件律師，南斯只是利用這個場合了解檢方掌握的證據，並且衡量證詞對賈斯會有多麼不利。

而且他已經聽得夠多了。這案子絕對不能走向正式審判，不能接近陪審團。南斯在醞釀一個讓賈斯免於牢獄之災的計謀，而這項計謀與那兩名共乘的未成年人有關。

第18章

星期五下午四點整，盧威格少校一聲令下，三十九名童軍登上他們的綠色老校車，前往兩小時車程遠的馬羅湖。他們的帳篷和裝備整齊地放在校車後方，少校與老山羊巡邏隊的老傢伙們坐在最前方休息。老山羊是由三位童軍男孩的父親所組成，他們受邀一起度過週末。

西奧的爸爸也陪童軍團出去過兩次，不過他並非熱愛戶外運動的類型，而西奧就不一樣了，每個月的露營是他夢寐以求的活動。身爲小鷹隊隊長，七名童軍聽命於他，他負責規畫餐點、整理工作細目與紮營。少校處理紀律問題，但那很罕見。這些男孩都是優秀的童軍，而少校是退休的海軍領航員，他極力要求他們增進野外求生的技能和知識。男孩們可以說都很尊敬少校，從來不想讓他失望。

伍迪坐在西奧旁邊，他是小隊副隊長。一個星期以前，他還在牢裡，而西奧和朋友們想方設法才把他弄出來。重獲自由後，他沒什麼興致參加露營。活動的費用是每人五十元，包含食物和補給品，伍迪怎麼也不打算向媽媽開口要這筆錢。西奧及其他夥伴們知道伍迪有很強的自尊，最好不要提議借錢給他。行前最後一刻，東尼拿著錢出現了，堅持要弟弟參加這次的旅行。少校也參與其中，他曾打電話給藍柏太太，催促她鼓勵伍迪同行。

東尼和伍迪獲釋後，每天都去上學，兩人似乎都對課堂和功課興致勃勃。即使仍然擔心相關的法律糾紛，他們知道自己是清白的，相信事情一定會水落石出。一起出遊，伍迪看起來的確比之前開心許多。

馬羅湖是他們童軍團最愛去的據點，這是一座位於國家公園內的人工湖泊，裡面有幾十個露營區、步道和可以釣魚的溪流。由於禁止開發，所以放眼望去，不會看到亂糟糟的湖畔度假屋、連排別墅或小木屋。湖邊只有一片無邊際的自然生態，很適合童軍在這裡度過一個遠離文明的週末假期。校車在清晨抵達國家公園，原本的柏油道路在這裡變成碎石子路。少校喜歡偏遠的營區，離開那些有室內沖水設施並提供露營車水電的高級營區。隨著道路變成黃土路之後，校車幾乎隱沒在濃密的叢林間。當終於走到這條路的盡頭，那是湖邊一處較高的小區域。一到目的地，童軍們爭先恐後下車並卸下裝備。

幾位小隊長和少校聚在一起開會，決定接下來的安排。每一個小隊都要在公共區域附近紮營、升起營火。夜幕迅速降臨，沒剩多少時間可以野炊了，星期五晚上總是這樣。這時候的晚餐通常是三明治和洋芋片，要等到週末才會料理大餐。大部分的童軍成員都在爭取他們的烹飪獎章，所以必須完成一些美味餐點，比如手工餅乾、麵包、烤肉、歐姆蛋或烤魚，烤魚限定在附近溪流釣到的魚。

西奧的獎章帶上已經有烹飪獎章，以及其他二十四種不同的獎章。如果一切按照計畫進行，約莫一年內就能晉級他嚮往已久的老鷹階級。他爸爸和少校都鼓勵他加快腳步，等八年級結束，生活會有很大的改變，升上高中就會有許多事情讓人分心。

帳篷一一搭好了，以營火爲中心，呈半圓形排列。童軍們繼續砍木柴、挖臨時廁所、用力將桌子聚集在一起、準備食物，終於開始吃晚餐。他們很興奮，互相開玩笑，一起哈哈大笑、打打鬧鬧，再交換一些損人卻友善的玩笑話。這附近幾公里內只有他們紮營，少校不介意讓他們盡情玩樂。

晚餐收拾乾淨後，他們依照各小隊集合，聽取指示。「午夜登山」是他們最愛的活動之一，由少校訂定規矩。他帶領小鷹隊走在最前面，接著幾公尺之外，跟著護林隊、疣豬隊、響尾蛇隊和小豹隊。老山羊巡邏隊殿後，希望能帶上幾個落單的童軍繼續向前。登山步道很窄，所以童軍們要排成一縱隊前進，每個小隊的隊長都配有手電筒。他們計畫緩緩爬上一道可以眺望整座湖的山脊，大概一小時的路程，然後再回到原先的步道。

爲了增加戲劇效果，少校會不時提醒他們留意蛇、熊甚至郊狼等動物。這些安排讓這團童軍們更興奮了。就像是真的行軍一樣，少校咆哮著：「全員前進！」他們就出發了，一共是三十九名童軍和四個大人。

回到營區時已經差不多十點了，大家都筋疲力竭。營火裡加入更多的木柴，全部團員圍成一圈。夜間氣溫驟降，寒意逼人。

老山羊巡邏隊的主要工作之一除了發揮一點監督效果、加深與孩子們的情感連結，就是在營火旁講鬼故事了。少校鼓勵這幾個老爸好好構思故事內容，讓那些駭人故事更完美，讓男孩們嚇破膽。幾個月前，賈斯汀的爸爸說到一匹傳說中的郊狼會在夜裡突襲營區，這位克洛斯基先生不知道從哪裡找來一台手提揚聲器，一打開就發出發狂野狼般的淒厲叫聲，剛好在那一瞬間，黑暗中也應景地傳來野生動物的嘶吼，童軍們不禁驚聲尖叫，緊緊抓住身旁的人。等到瘋狗叫聲暫歇，男孩們才發現老山羊們笑得在地上打滾，少校則在一旁洋洋得意。

今晚的第一個故事是關於一個在湖裡淹死的男人。多年來，很多到這裡露營的人都回報，在午夜時分看到在遠遠的湖面上出現一道怪異的光。有一晚，那道光開始朝岸邊移動，伴隨著一個聲音。岸上有一家四口人看著那道光愈來愈亮，個個嚇得魂飛魄散。一個星期後，這家人的遺體被發現了，在離他們紮營地有一段距離的水面上漂浮著。

這個故事不錯，還算夠嚇人，成功抓住男孩們的注意力。第二個故事是關於一個神祕生物，類似大腳怪那樣的故事。傳說中這隻怪物在馬羅湖一帶遊走，會從營區竊取食物，在這個地區作威作福。

三個鬼故事說完之後，男孩們差不多被嚇飽了，於是少校宣布熄燈。他們奔向各自的帳篷，緊緊拉上帳篷拉鍊，關掉手電筒，鑽進睡袋裡舒舒服服地窩著。這個夜裡萬籟俱寂，男孩們緊張地等著鬼魂或野生動物來襲擊。少校輕手輕腳地巡視營區，聽著男孩們的低聲交談而露出微笑，漸漸地聽不到他們的低語，男孩們已進入夢鄉。

這個夜晚平安無事地過去了。天一亮，少校和幾個老爸就從帳篷裡搖搖晃晃走出來，做做伸展操，甩掉整晚睡在地上造成的身體僵硬，然後開始盡可能地大聲煮咖啡。男孩們一個個冒出頭來，身上還套著昨晚穿著睡的制服。野炊的火已經升起，早餐就快準備好了。

少校請伍迪幫忙撿木柴，他們一起爬到營區附近較僻靜的山上，少校指著地上一塊巨石，兩人隨即坐下。少校問：「聽我說，伍迪，我不知道你是否清楚，我在少年法庭擔任不少義工工作。我聽說了你的案子，你介意談談嗎？」

「不會，少校，應該不介意吧。」伍迪回答。

「潘德格斯法官時常請我評估某個案子，試著幫助那一家人。我還沒看到你的檔案，但我知道起訴的罪名很嚴重。你願意告訴我發生什麼事嗎？」

「當然。」其實伍迪就像其他童軍一樣，他們對少校全心信任，於是他說了那個「持械搶劫」的故事，也說了喝啤酒的事。少校若有所思地聽著，不做任何批判。

等到伍迪說完了，少校才說：「聽起來你不該跟著那幫人。」

「其實不是一幫人啦。我哥哥東尼沒做錯事，我們根本不知道賈斯那傢伙想做什麼，眞是太不公平了。」

「聽起來是不公平。東尼也會說同樣版本的故事嗎?」

「少校，這不是故事，是實情啦。」

「好，那賈斯的版本又是如何?」

「我不確定，最近沒和他聯絡，不過被捕的那個晚上，他說水槍是我的，大騙子!他以為只要我順著他的謊話說，我們就能從輕處分，因為我才十三歲。再加上他現在請了一個超級大律師，誰知道他們會怎麼說。」

「你的律師是羅德尼．沃爾?」

「是啊，少校，我不確定他是否相信我們，雖然很想換律師，但我們也請不起別人。」

「我認識羅德尼．沃爾，我們一起處理過幾個案子。」

「他是個好律師嗎?」

「他是新人，到職才快要一年，還有很多要學習，不過他應該可以勝任。我可以找他談談。你希望我去問問法官，是否我能從旁協助這個案子嗎?」

「當然，少校，那太好了。」

「潘德格斯法官是個好人，又有發掘眞相的天分。伍迪，事情會水落石出的。」

「謝謝少校，我需要幫忙，我和東尼都很需要。」

「好，說到喝酒這件事，我一點都不欣賞喔。你年紀還太小，喝酒只會惹出更多麻煩。」

「那眞的不算什麼啦，我和東尼有時候會從冰箱裡偷一罐來喝，但我們根本沒錢買啊。」

「你抽大麻嗎？」

「我不碰那個，少校。」

「東尼呢？」

「或許吧，但他不曾在我身旁抽。」

「你父母離婚了？」

「是的，少校。我爸住在鄉下，我們很少見到他。我媽再婚，嫁給一個做建築工程的，那個人還可以，可是他在外地工作，我們也不常見面。媽媽兼做兩份工作，有時候三份。」

「所以家裡沒什麼人管你們囉。」

「是，少校。」

少校緩緩起身，他開始踱步、陷入沉思。他說：「我們先處理喝酒這件事。這是違法的，我希望你們不要再犯，可以嗎？」

「是，少校，這沒問題，我甚至不喜歡那個味道。」

「啤酒和酒精飲料只會惹來麻煩，尤其對青少年來說。你現在能對我承諾不會再犯嗎？」

「是，少校。」

「很好，我會明確地讓法官了解這件事。還有，不要再翹課了，可以嗎？」

「可以。」

「不喝酒、不翹課，然後努力讀書。我會聯絡你的老師，確認你的學習進度，潘德格斯法官會想知道你的表現。伍迪，如果我參與這個案子，我期待看到你在各方面有所改善。你太年輕、太聰明了，不應該誤入歧途的，你懂嗎？」

「是，少校。」

「我會和你母親聯繫，你介意我也和東尼聊聊嗎？我懷疑這些日子以來，他對你造成一些不良影響。」

「東尼不是壞孩子，少校。我們都體驗過牢裡的生活，不想再回去那個地方。」

「好，或許這次的擦槍走火反倒是件好事。」

「少校，您被逮捕過嗎？」

「沒有。」

「那一點都不好玩，我仍感受得到手銬緊緊箝住我的手腕，看到警察對我皺眉，看到他們生氣的表情，聞到噁心牢房的味道。整件事最可怕的就是一切都不在你的掌控之中，而且不知道接下來等著你的會是什麼。」伍迪咬著雙唇，淚水在眼眶裡打轉，全身開始顫抖。

少校走了過來，將手放在他的肩膀上。「會沒事的，伍迪。」

第19章

童軍團在星期日傍晚重返文明世界。校車駛入斯托騰堡時，男孩們一片沉默，不光是身體上的疲倦，他們的心情也很沉重。回程總是這樣，所有計畫、期待的心情，還有週末純粹待在樹林裡的樂趣，都隨著他們回到現實世界而煙消雲散，現在得繼續正常生活，明天又要上學了！難以置信，似乎太殘酷了。

蒙特老師導師班上有十六個學生，其中七個是週末去露營的童軍。鐘聲一響，他立刻點名，十六位都到了。老師請伍迪站到台前，和大家分享他的週末活動。十三歲的孩子大都不喜歡對著一群人說話，不過西奧例外。蒙特老師常常隨機挑選一個同學到教室前面練習說話，他期待同學要有好的姿態、講話不急不徐，還要充滿自信。有些人天生就會，不過多數人還是會掙扎個五分鐘。

伍迪先以好笑的小故事開場，說他們如何對一個年紀最小的童軍惡作劇。他贏得一些笑聲，算是順利暖場了。正當他開始講「午夜登山」時，傳來了敲門聲，葛萊德威爾校長打斷他的分享。她走進教室，對蒙特老師點點頭，然後對伍迪點頭示意，要他們到走廊。

行動保釋公司的巴柏．霍利在外頭等著，他對蒙特老師自我介紹，接著問伍迪：「你上週末有離開斯托騰堡嗎？」

伍迪緊張地瞥了葛萊德威爾校長一眼，然後說：「是，霍利先生，我跟著童軍團到馬羅湖露營。」

「我也這麼聽說。」霍賀利先生低吼：「孩子，你不應該離開斯托騰郡半步才對。這樣你已經違反了保釋條件。」他咻的取出一副手銬，抓住伍迪的手臂。「你得跟著我走。」

蒙特老師一個箭步向前，說：「你不能這麼做！」

「我當然可以這麼做，犯人棄保潛逃的時候，我都是這麼做的。」

「不要叫他犯人！」葛萊德威爾校長說。

伍迪猛然抽出手臂，霍利卻抓緊他的另外一隻手，在手腕上迅速銬上手銬。「放開他！」蒙特老師說。

教室的門半敞著，西奧和其他同學在裡面聽得一清二楚。

霍利是個狠角色，熟知他們的行規。「小子，你沒有選擇的餘地，別再惹麻煩了。」他戳戳蒙特老師的胸膛，然後說：「還有你，如果再擋路，我有權將你一起逮捕。給我站一邊去。」

他抓住伍迪的左手腕，銬上手銬。「我們走。」

「我們要去哪裡？」伍迪大聲問。

「到牢裡去，所有棄保潛逃的傢伙都會被送去那裡。」

「他沒有棄保潛逃。」蒙特老師說，雖然心裡不太確定。

「夠了！」霍利暴怒，像是要出拳揍人。葛萊德威爾校長往後退一步，震驚得說不出話。

霍利抓住伍迪的手肘，押著他走過走廊。所幸這時候走廊上沒人，大家都在教室裡等待第一堂課的鐘聲響起。

剩下的十五個男孩衝到窗邊，目瞪口呆地看著伍迪從這棟建築被帶走。另一個看起來也是狠角色的男人在車旁等著，他打開後車門，霍利推著伍迪到後座。

蒙特老師走進教室時，看起來很茫然。一時半刻，教室裡沒有人說話，這不可思議的狀況彷彿把話都說盡了。最後蒙特老師說：「西奧，你知道伍迪不能離開斯托騰郡嗎？」

「完全不知道，我從來沒有想到，他也沒有想到，這種事誰都沒有想到啊。我不敢相信會這樣。」

「我也是。」

「他們怎麼能那樣做？」艾倫說：「那個人不是警察吧？」

「不，他不是。」蒙特老師搓著下巴說：「不過在違反保釋條件的情況下，保釋金經紀人有權逮捕他的客戶。」

葛萊德威爾校長走進教室說：「蒙特老師，你和西奧可以來一下我的辦公室嗎？」

彷彿接到訊號似的，第一堂課的鐘聲響起，男孩們慢吞吞地背起背包。西奧和蒙特老師隨著葛萊德威爾校長到校長室，她隨即關上門。校長站在桌邊看著他們，三個人都不知道該說什麼。

安靜了半晌，校長說：「好，我們現在該怎麼辦呢？我想那傢伙眞的有權到任何地方把他的客戶帶走，但校園似乎應該是例外。」

「校園也不例外。」蒙特老師說：「法律賦予保釋金經紀人很大的權力，但是他說伍迪棄保潛逃，這也太愚蠢了吧。伍迪的確離開了斯托騰堡，不過他根本不是要棄保或逃亡啊，他離開了又回來，今天也一如往常上學。那個傢伙大概希望法官再設定一次保釋金，這樣他就能再寫一份擔保書，從伍迪身上再撈一筆。」

「伍迪沒有錢讓他撈了。」西奧說：「第一次的保釋金就是又求人又借款才籌到的。現在他會永遠被困在牢裡。」

「我們該怎麼辦？」校長問。

蒙特老師說：「首先，我們得通知他的律師沃爾先生。我想他們應該很快就會送伍迪上法庭，他的律師必須在場。」

「我們也應該到場。」西奧說，他老是急著翹課去法庭。

「好的。」校長說：「我來打電話給他媽媽。蒙特老師，請你和他的律師聯絡。」

西奧忽然靈光一現，他說：「那我打電話給我們的童軍老師盧威格少校。露營的時候，他和伍迪討論過這個案子，少校自願當伍迪在少年法庭的顧問，他和法官很熟。」

「好主意。」校長說：「我們趕快分頭進行。」

伍迪的牢房是之前他和東尼與他們的牢友喬克共用的那一間，充滿冷峻又殘酷的回憶。伍迪一時間還無法接受這個新事實，他躺在下鋪自言自語，試著把事情想清楚。又是孤伶伶一人，伍迪轉身面向牆壁，強忍住淚水。這一整個星期，他每天都去學校，而且完成所有功課，放學後還留下來接受輔導。他不曾想要喝啤酒，只是跟著童軍團去露營而已。還有什麼其他該做的事沒做？然而他又回來了，一個人回到這個灰暗又骯髒的牢房。

一個小時後，一名獄卒走過來提醒，他將被帶去見法官，出席下午一點的聽證會。伍迪向那個人道謝，雖然毫無概念會發生什麼事，他只能試著說服自己，媽媽、東尼和西奧跟上次一樣，正在盡全力把他弄出去。儘管如此，他還是擔心得要命，如果法官決定要交保才能出獄，那他可能就得在牢裡待上好幾個月，媽媽他們不可能拿出更多錢的。

午餐是火雞肉三明治和小茴香醃菜，他飢腸轆轆，把東西吃得一乾二淨。與之前同一位的那個警察打開牢門的鎖，解開他的手銬後，帶領他走到前廳。他們經過辦公桌，走向一輛在外面等候的巡邏車。幾分鐘後，他進入法院地下室，從那裡搭電梯向上。

伍迪走進法庭時，潘德格斯法官坐在法官席上，旁聽席第一排坐著他媽媽、西奧和蒙特老師。他的律師羅德尼．沃爾在法官席旁邊等待，一旁還站著那個他現在很鄙視的傢伙巴柏．霍利。

對西奧而言，這是他在動物法庭交叉詰問潘德格斯法官之後第一次再見面。西奧假設他們彼此沒有怨懟之情，他認爲自己在詰問時表現得很好，潘德格斯法官也是稱職的證人，庭上深諳法庭上的攻防戰略，一定知道每個律師都有自己該做的事。法官入座時對西奧點頭，卻沒有笑容。西奧察覺到他今天看起來比較有精神，最近沒有兔子魯福到鄰近社區撒野的通報，動物管制局沒有接獲陳情。西奧在學校碰到羅傑，他也說他們家的兔子一切都好。

對大家來說都是公平的結局，誰會抱怨呢？西奧決定不要擔心法官是不是會心存芥蒂。

庭上在讀了一些文件之後說：「我已經看過行動保釋提供的擔保書。藍柏先生，你是否在週末期間離開斯托騰郡？」

伍迪的背部變得僵直，雙眼直瞪著法官說：「是的，庭上，我和童軍團員們一起到馬羅湖露營。」

「你知道自己被禁止離開斯托騰郡嗎？」

「不，庭上，我並不知道。」

「沃爾先生，你是否警告過你的客戶不能離開本郡？」

「不，庭上，我假設他和他媽媽都知道他應該待在家裡。」

「喔，看來你過度假設了。」潘德格斯法官似乎對這個狀況感到很惱怒。

法庭的門開了，盧威格少校走進來。他背靠著後牆，對庭上點點頭。法官雖然看到少校了，卻還是繼續宣布：「好，我不得不撤銷你的保釋資格，重新設定保釋金。」

少校走向前說：「庭上，如果不冒犯的話，我想說幾句話。」

「請說，盧威格少校。」

「伍迪是我指導的童軍之一，我自願擔任他在少年法庭的顧問。我願意承擔他離開本郡、參加露營的所有責任。我不曾想到這麼做會違反保釋條件，這是我的過失。庭上。我在此承諾，他往後會在您要求的任何時間回到法庭。」

少校的發言與姿態完全就像是個老練的律師，而且顯然法官很尊敬他。少校繼續說：「重新設定保釋金不會有任何好處，據我所知，他們全家犧牲了一切才讓他獲釋。伍迪只要在我的監督下，就不會有問題。我已經和伍迪討論過這些對他的指控，就在週末露營的時候，我堅定地相信他並未犯下任何嚴重罪行。他承諾會養成良好的讀書習慣、每天上學，並且遠離不良少年。我在此請求庭上的信任，將此事託付給我。」

他的發言字字鏗鏘有力，提到「信任」的瞬間，法庭裡的所有人都願意相信他。

潘德格斯法官一邊在紙上寫筆記，一邊衡量整體狀況。他看著伍迪說：「好吧，年輕人，我相信要給人第二次機會，我相信這只是你一時的疏忽。我要你和盧威格少校在每週一下午四點向我回報，我要了解你的出席狀況與成績。在此同時，你的律師會處理那些對你的指控。我宣布你當庭獲釋，請出示身分證件，不用保釋金。」

伍迪直視著法官說：「謝謝您，庭上。」

第20章

過去兩週以來，伍迪設法避免再度被逮捕。他沒有翹過一天課，常常提早到學校，還留在學校自習或接受課後輔導。東尼也一樣，他重回校園，在課業上投注更多心力。

他們不想再被關進牢裡。

克利弗．南斯擁有斯托騰堡最高級的律師辦公室，占據了一棟老建築的高層樓，那裡曾是鎮上唯一的銀行所在，從他大片的玻璃窗可以直接眺望對街的法院，也能看到遠方的揚希河。南斯先生幾年前買下這棟大樓，還花了很多錢重新整修。他的事務所聘請了七名律師，是鎮上規模最大的。大廳裝設了一部電梯，可以直達南斯先生的套房辦公室。

羅德尼．沃爾不曾去過那個辦公室，但就像鎮上大部分的律師，他聽人描述過那個地方。身爲一個低薪又年輕的公設辯護人，他夢想著有一天能達到像南斯先生那樣的成就，成爲紅牌律師。他想要有一間奢華的辦公室、大型事務所、高級住宅、進口車和大案子，還懷抱著有一天要在南斯事務所工作的夢想。他計畫要在公設辯護人的壕溝戰役中咬牙活下來，累積經驗、建立名聲，然後申請這家事務所的助理律師職位。不過，斯托騰堡裡有許多年輕律師都懷抱同樣的夢想。

羅德尼在約定的時間、也就是南斯先生建議的時間抵達，搭乘電梯直達頂樓。一位美麗的祕書前來迎接他，並送上一杯咖啡，她說南斯先生正在講電話，可能會耽擱一會兒。羅德尼輕輕坐在一張厚皮沙發上，欣賞牆上的波斯地毯和現代藝術。他啜飲一口咖啡，眼睛盯著手機看，彷彿他有比藍柏兄弟更嚴重的案子要處理。祕書小姐忙碌地打字，電話偶爾響起。一扇大門終於開了，南斯先生本人走了出來。他揮手請羅德尼到他偌大的辦公室，並指著那裡的名貴沙發說：「我們來這裡坐，不要太拘束。」

「當然。」羅德尼環顧四周，南斯那張工作桌像是個紀念碑，長寬都很驚人，看起來是桃花心木，不過羅德尼無法確定。桌上整整齊齊地擺著一些文件，但大部分的桌面是空的，彷彿暗示著偉大的人的生活有條不紊，而且只專注在眼前的案子。一張大會議桌和椅子占據房間的一角，牆面掛滿各式畫作與肖像。辦公室裡的一切都井井有條，這並不令人驚訝，畢竟南斯是以縝密的準備與規畫聞名的辯護律師。

「你這個地方還真不錯。」羅德尼整個人陷進沙發椅裡說。

「喔，還可以啦。」南斯先生說。他穿著深藍色西裝和純白色襯衫，繫著完美的領帶，腳蹬昂貴皮鞋，手上戴著金錶。羅德尼心想：他一年的治裝費可能比我一年的薪水還多吧。

南斯先生說：「羅德尼，你知道嗎？我三十年前是從公設辯護人開始做起，那時候我們天天出庭，案子一件接著一件，那時累積的經驗眞是不得了。你在那裡幾年了呢？」

「一年。」

「孟克是個好人，你會從他身上學到很多的。」

「到目前爲止還不錯。」

閒聊得差不多了，南斯先生清清喉嚨，像是要進行下一個話題，他可是個大忙人。「那我們來談談那件案子吧。事實很明顯，三個笨小子開車閒晃，還喝啤酒，這種時候沒什麼好事會發生，對吧？但重點是沒人受傷，我是說那是一把水槍，你知道的．只是個玩具。我的客戶賈斯，仍堅持那玩意屬於年紀最輕的那個男孩——」

「伍迪，伍迪．藍柏，他今年十三歲。」

「對了，是伍迪和東尼，但我不確定那是否屬實。」

「那不是眞的。」羅德尼強烈表達自己的觀點。「完全不是事實，伍迪和東尼之前從沒見過那把槍。」

「哦？那是他們的說法，畢竟他們是兄弟，不是嗎？」

「他們是兄弟沒錯，但他們像是在說實話。」

「毫無疑問，羅德尼，如果我們自己內鬥，每個人都會受傷。我有個計畫，能讓這個案子在陪審團起訴我的客戶之前就被駁回。當然，你的客戶因爲是未成年，他們不會被起訴。我相信我可以說服傑克·荷根對我們的客戶手下留情，讓男孩們不至於遭指控犯下重大罪行。想當然的，我很擔心我的客戶賈斯，他年滿十八歲，被當做成人看待。我向你保證，他不是壞孩子，也許是有點不成熟，不過如果給予適當協助，他會有所成長的。他的父母很擔心他酗酒和用藥的問題，他本人也表示願意接受治療。這點對傑克·荷根和甘崔法官而言很重要。塔克一家都是好人，賈斯還有上大學的計畫，如果被定重罪，對他會有一輩子的影響，你能想像嗎？沒有大學、沒有工作、沒有未來。」

「你要怎麼避免被定重罪？」

「先從槍說起。我不需要提醒你，甘崔法官有多麼痛恨槍枝和暴力吧？如果我們讓十三歲的伍迪認領那把槍，那麼它就不會在巡迴法庭發揮太大的殺傷力。當然用它來搶劫的人是賈斯。當然那是一件愚蠢的事，不過我會替他辯解，說他當時不只是喝酒，還喝醉了，他神志不清，不知道自己在做什麼。伍迪提供那把槍，三個男孩與搶案都脫不了關係，三人都會遭到懲罰，不過關鍵在於這樣就能避免被定重罪，羅德尼，你懂我的意思嗎？」

「我懂，但你要如何說服甘崔法官對持械搶劫從輕判刑？」

「我會求他這麼做。我會強烈主張賈斯是個好孩子，只是喝醉了，他受到誤導，以爲持水槍搶劫不算是眞正的搶劫，而且沒有人受傷，他又眞心對自己的失誤感到抱歉，而且他願意在牢裡待上幾天，並處以兩年緩刑與高額罰金，然後必須將雜貨店內部恢復原狀，最後加上一百個小時的志願服務。只要能避免被定重罪，其他什麼都可以。」

「那我的客戶呢？」

「拜託，羅德尼，他們還未成年耶，少年法庭的法規又不一樣。他們大概會被警告不能再犯，加上一小段時間的緩刑，沒什麼大不了的。更何況，他們不會留下前科。」

「但他們是無辜的，南斯先生。」

「叫我克利弗就好。他們並不完全無辜啊，晚上在外頭鬼混、喝啤酒，像是要找麻煩，然後他們如願以償了。根據我的了解，他們家境不好，在學校的表現也有問題，這是眞的嗎？」

「可以這麼說。」

「好，那我們就讓三個男孩一起分攤刑責。伍迪說槍是他的，然後兄弟倆說他們三個決定一起去店裡搶些啤酒來喝。現在每個人都覺得很抱歉，他們都學到寶貴的一課。」

「我不知道伍迪和東尼是否會承認除了喝啤酒以外的罪行。他們一直強烈表示，一點都不知道搶劫那件事。」

「那就換你發揮功能了，羅德尼，這是辯護律師的工作。你得說服他們，三個人必須站在同一陣線，堅持同一個版本的故事。相信我，我從事這份工作已經超過三十年，我做得很好，我認識那些法官和檢察官，他們也都認識我。」

「的確如此。」

「三個男孩都可以有出路，羅德尼，只要我們發揮一點說故事的創意，讓每個人分別承擔一些責任，這樣每個人都能全身而退。」

羅德尼啜了一口咖啡，然後深呼吸。克利弗．南斯很有說服力，但他不喜歡這樣被另外一位律師施壓。這樣不對。

羅德尼問：「你怎麼確定你能說服傑克．荷根，將持械搶劫降爲輕罪？」

克利弗露出得意的笑容，像是在說自己無所不知。「傑克和我是老交情了，我們在法庭上交手無數次，謀殺案、毒品案，什麼都遇過。我們尊重彼此，這份尊重是努力換來的。羅德尼，這不是嚴重的案子，只是三個男孩開車出去尋歡作樂，做了一些蠢事，重點又來了，結果沒人受傷。我了解傑克，我知道我能說服他稍微放賈斯一馬。塔克他們都是好人，與傑克往常起訴的對象不同。我們只需要你去說服你的客戶，按照計畫演出。」

「那並不容易。」

「你眞的相信伍迪和東尼不知道賈斯去做什麼嗎？」

「這點我不確定，我對他們的說法總是有些疑慮。」

「羅德尼，你說對了，其實我也很懷疑。我敢打賭，這些男孩喝光啤酒之後，就決定要去偷一點來喝，而且我敢說法官一定也這麼想。」

「好吧，我會去和我的客戶談談，可能要費點工夫。」

「好，要盡快。我要在案子送到陪審團之前和荷根達成協議。」

南斯露出一個適切的笑容，然後起身，談話結束。他送羅德尼到門口，停下腳步，摸著下巴說：「羅德尼啊，你打算在孟克那邊做多久？」

「喔，我不確定，也許幾年吧。」

「然後呢？」

「我想進入私人公司，找一家好的法律事務所，專攻刑事案件辯護。我熱愛法庭，可以想像在那裡闖出一片天。」

「我就是這麼做的，而且一點都不後悔。等這個案子結束後，我們很快地找一天來談談你的未來，我一直在尋找有天分的年輕人。我們目前有七位律師，至少還需要兩位。」

「南斯先生，我會非常期待與您交流。」

「叫我克利弗就好。」

第21章

一個寒冷又潮溼的午後，西奧待在他位於布恩&布恩法律事務所後方的小辦公室，雖然坐在書桌前，卻不是在做無聊的功課，而是在老舊的二手旋轉椅上放空，看著雨水嘩啦啦地打在玻璃窗上。法官在桌子底下打呼，就在他的球鞋旁邊。有時候雨勢變大，強風從屋頂呼嘯而過，接著風雨暫歇，幾乎聽不見聲音。他已經研究風雨一段時間了，因爲幾何學實在太無趣，他們正在多邊形的世界裡受苦受難；還有化學，正在背誦各種化合物；還有什麼呢？目前實在沒什麼能讓他提起勁來。所以他正在做十三歲的他常做的事：思考人生，想知道幾年之後，等他長大、學會開車，要處理各種高中生會遇到的問題。他甚至想了一下大學生活，但他無法想像要被迫離家，離開他的父母和小狗。他已經上網查了一些資料，卻找不到一間大學允許新生帶狗去學校。

不過那是幾年後的事了，他眼前有更急迫的事情要處理。英文課要寫一篇報告，公民課要準備演說，少校密切監督他的獎章進度，甚至還幫他設定一個晉升鷹級的目標達成日。愛波·芬摩的爸爸再次離家，數不清這是第幾次了，而她媽媽仍然很瘋狂。西奧擔心愛波會逃家，從此消失無蹤。

幾個小時過去了，天色漸漸暗了下來，卻不影響西奧繼續作白日夢。後門忽然傳來輕輕的敲門聲，他嚇了一跳，回到現實。伍迪衝了進來，甩掉雨水，他渾身溼透了。

「請進。」西奧說。

「西奧，我已經進來了，而且快冷死了。給我你的外套，」

西奧從牆上的掛鉤扯下一件夾克，扔給伍迪。「這種天氣，你跑到外面做什麼啊？」

「哈，絕對不是因爲想念你才來的，我敢保證。」伍迪邊說邊穿上外套。法官醒了，繞著伍迪的膝蓋嗅著。伍迪瞥了敞開的門一眼，然後說：「可以聊聊嗎？」

「當然。」西奧起身關上門，再坐回他的位子。「想必是很重要的事。」

「沒錯，我和東尼剛剛跟羅德尼．沃爾談了一個小時，他要我們附和賈斯的謊言。沃爾希望我和東尼幫賈斯擦屁股，說那把槍是我的，東尼也知道這件事，然後我們把槍拿給賈斯，讓他去弄來更多啤酒，要說這是我們三個人的計畫。」

「那個律師要你們說謊？」

「對，他說我們得照那個劇本演出，因爲克利弗．南斯和檢察官很熟，他叫做什麼——」

「傑克．荷根。」

「對，荷根，律師說如果我們口徑一致，分攤責任，這樣三個人都能從輕發落，當然也包括賈斯。」

「這太糟了，伍迪，你從來沒看過那把槍耶！」

「那還用說。最糟的是我們的律師，因爲我們請不起其他人而不得不接受的那位律師，他要我們接受這個交易。他一直把『這是椿好交易』掛在嘴邊，他說南斯差不多已經和傑克·荷根談好了，這樣我們都能從輕判刑，而賈斯也不會被定重罪，那種前科會跟著他一輩子，毀了他一生。西奧，你眞的應該在場聽聽看，我們的律師想說服我們接受那種協議，要求我們撒謊演出。」

「那你們怎麼說？」

「我說不要，東尼也不要。沃爾因此被激怒了，他說要是開庭審判，潘德格斯法官斯大概不會相信我們，因爲我們是兄弟，兄弟之間會互相掩護，沃爾是這麼說的。他還說，法官不可能相信我和東尼完全不知道賈斯打算做什麼。西奧，重點是我們的律師不相信我們，而且他想私下協議，討好那位響噹噹的克利弗·南斯大律師。」

「簡直難以置信。」

「我懂，完全懂，我們的律師關心賈斯勝過我們。西奧，我們得找其他律師，你可以幫我們辯護嗎？我知道你只有十三歲，但你做得比沃爾更好。」

「抱歉，十二年後再來找我吧。」

「那你媽媽呢？」

「不太可能，光是上次的保釋金聽證會，我就費了九牛二虎之力才說服她，而且她覺得自己表現得很糟。我媽不喜歡刑法，她會盡可能保持距離。」

「你爸呢？」

西奧嗤之以鼻。「你可能會被判死刑。我爸有十幾年沒去過法庭了。」

「艾克呢？」

「他沒有律師執照，和我一樣。我有個想法，我們去找少校，把事情全盤托出。他以前與沃爾共事過，我猜他不怕與那個人正面衝突。」

伍迪的身體不再顫抖，儘管雨水仍然從他的頭髮與臉頰滴落。「就這麼辦。」他輕聲說：「西奧，你一定要想辦法喔。」

「沃爾說過萬一你們被定罪會怎樣嗎？」

「有啊，那是最令人作嘔的部分。他說我們會被送到少年監獄，待上好一段時間。西奧，這該有多嚇人啊？我們自己的律師用坐牢嚇唬我們，好讓我們照著他的意思做。」

「你們怎麼說？」

「東尼氣壞了、暴跳如雷，他說如果沃爾和『好律師』沾上一點邊，我們就不會被定罪，因爲我們是無辜的。他們互相叫罵，情況變得很難堪，然後沃爾叫我們離開。我們等於是和自己的律師宣戰了。」

「我們去找少校。」

少校在家，他請西奧和伍迪去一趟，於是兩人冒雨騎腳踏車過去，幸好少校的家不遠。他家位於市中心，是一棟風格獨特的平房，他與太太將這幢老屋裝飾得很美，他們是退休後才來斯托騰堡定居。男孩們去過少校家幾次，有時候是要上童軍課程，有時候是參加獎章工作坊。

盧威格太太遞上毛巾，還準備了熱可可，他們從未喝過比這個更好喝的熱可可了。她離開之後，伍迪重新描述一遍他和東尼與律師之間的災難。少校一如往常，專注聽著伍迪把事情說完，先不做任何評論。

「這太令人震驚了。」他說。

西奧早已準備好發言，他提問：「如果伍迪改變說法，那不就是做僞證嗎？」

少校回答：「當然，在法庭發誓後卻做出不實陳述，就是做僞證，那是另外一條罪名。伍迪，那只會讓情況變得更糟。你絕不能在台上說謊。」

「喔，我不會啦。」伍迪說。

「東尼呢？」少校問。

「我們會站在同一陣線，在事實的這一方，就這麼簡單。我們不在乎賈斯會怎樣，他有他的律師，他們家又有錢。」

少校摸著下巴深思，他眉頭深鎖，剛剛聽到的狀況實在令人不悅。西奧打斷他的思緒：「少校，您是否要對法官報告這件事？告訴他這位律師要求他的當事人在法庭上說謊。」

「或許吧，但不是現在，我們再看看事情的發展。你的開庭日離星期三還有一週，我們還有一些時間。或許我會和羅德尼．沃爾碰面，對他解釋狀況，讓他知道你和東尼不會照著他的劇本演出。」

伍迪說：「好，那就是我覺得困擾的地方。沃爾說我們的版本，也就是真實的版本，並不可信。三個青少年開著車、喝啤酒，喝完之後想要再來一點，於是計畫去店裡搶啤酒，外加一些現金來花用。而其中兩人完全不知道計畫內容？我好像也能理解他的論點，或許這個事實太令人難以相信。除此之外，這兩個人還是兄弟，他們當然會說出互相掩護的證詞。也許我們的案子不如想像中的那麼容易辯護。」

「我同意。」西奧說，雖然沒人問他的意見。「所以最重要的問題是，萬一開庭審判時，法官判你們有罪？」

「沒錯。」伍迪說：「如果我們被判有罪，要在少年監獄待上一、兩年？那就是世界末日了啊，直接殺了我還比較快。」

少校說：「我們先不要過度反應。我會盡快和沃爾先生見面，看看事情會如何發展。」

「我有問題！」西奧說：「假如伍迪和東尼決定按照他們的計畫進行、承擔部分責任，那他們要認什麼罪呢？我不太了解。」

少校微笑著說：「很幸運、也很不幸地，我們的法律書上從來不欠缺罪名。如果他們認罪，我可以預見那會是某種輕微罪名，比如蓄意毀損罪或妨害治安之類的。那一類的小罪不至於要坐牢，而且會在年滿十八歲時刪除紀錄。」

西奧看著伍迪問：「伍迪，你願意那樣做嗎？如果承認有罪，能讓你們三個人都免除牢獄之災耶？」

伍迪咬著牙說：「門都沒有，我是無辜的。」

少校微笑點頭，表示贊同。

第22章

今晚桑多斯披薩店生意冷清，東尼只有四個披薩要外送。他獨自一人，黛西．藍柏不鼓勵伍迪跟著哥哥去送外賣，而東尼也不再提出邀約。伍迪在家，理應在做功課，黛西在餐廳值夜班，他們的繼父好幾個星期沒回家了，就像是故意在迴避這場鬧劇。

第一個外送地點是斯托騰學院附近的一棟雙併式學生住宅，那條街東尼很熟。他拿著一盒頂級義大利辣味腸披薩到門口，按鈴等候。這是個典型的學生住宅，十分擁擠，許多輛腳踏車鎖在前門欄杆上，空啤酒罐散落在受人冷落的花台。門開了，一個漂亮的女大學生請他進去。東尼走進門，將披薩交給她，然後等對方給錢。一個男大生走過客廳跟他打招呼。東尼繼續等待，這些都是送披薩的例行公事。

賈斯．塔克從屋子後面探頭出來說：「嘿，東尼，最近好嗎？」

「還好，你怎麼會在這裡？」東尼看到他很驚訝，卻還不至於嚇一跳。大家都知道斯托騰堡高中的高年級生會到斯托騰學院拜訪朋友。話雖如此，但是在一個不特定的週末，一次不特定的披薩外送途中遇到他，這也太巧了。

「他們是我朋友，我有時候會過來玩。」事件過後，賈斯和東尼偶爾會在學校見到面，但很少交談。自從他們被捕，就刻意迴避對方。尤其是東尼，他一點都不想和賈斯扯上關係。

那個女孩回到客廳，拿了一張二十元鈔票給東尼，他從口袋裡掏出零錢，然後拿給對方。

賈斯說：「喂，東尼，你有時間嗎？我有事想跟你談。」

「有什麼好談的？況且我還有三個披薩要送。」

「後面有一個小露台，就你我兩人，只要一分鐘。」

東尼環顧四周，覺得這樣不太妥當。他聽見公寓後面還有其他人的聲音。那個女孩不見了，帶著披薩一起。「你想做什麼？」

「這是隱私，東尼，我們去外面說。」

如果要打架，對付賈斯一個人沒問題，不過東尼不確定會有多少人來助陣。他小心翼翼地跟著賈斯到空無一人的廚房，接著穿過後門走到一個磚造露台，一個昏暗的黃色燈泡在那裡提供唯一的光源。東尼左右張望，確認沒有埋伏。賈斯似乎很緊張，但態度真誠。

他說：「聽著，我先說最重要的事。我做了蠢事害我們三個被逮，是我的錯。我當時喝醉了，才會做出那種不經大腦的事。不過我現在沒喝酒，我戒酒了，過著規矩的生活，但我還是深陷泥沼，我需要幫助。我的律師說，你們兩個不願意按照我們的辯護方向作證，我希望你們可以照著做，這對我會有很大的幫助。」

「我們不會在法庭上說謊的，賈斯，如果你是那個意思的話。你很清楚發生了什麼事，現在你想要扭曲事實。很抱歉。」

「好啦好啦，我不是來吵架，東尼，那根本無濟於事。只要我們團結，就能全身而退。」

「你是說你就可以全身而退。怪罪於我們，尤其是讓才十三歲的伍迪背黑鍋，這樣你就可以逃過一劫。我們不是笨蛋，賈斯，或許你有個大牌律師，但事實擺在眼前。我們拒絕你的請求，絕對不會出庭說謊，那只會讓事情更糟。」

賈斯保持冷靜，絲毫不見怒氣，廚房也沒有別人。時間一分一秒過去，情勢看起來愈來愈不像有人埋伏。「東尼，你明白被定重罪對我的影響嗎？那表示我會坐牢，可能要關幾年，而我的人生就毀了。沒有大學、沒有事業，什麼都沒了。你們兄弟倆爲什麼不能幫我呢？」

「因爲我們是無辜的，你不是。就是這麼簡單。」

「簡單？這樣才叫簡單。」賈斯伸手到夾克內側口袋，東尼的心跳暫停了一秒。然後賈斯迅速拿出一個信封，對他說：「這是五千美元現金，東尼，全都是你的。只要你順著我們的故事說，就能得到這筆錢。想想看這對你們家會有多大助益。」

東尼太過震驚而向後退了一步。賈斯繼續遊說：「拜託，東尼，這是現金，無從查起，全是你的，給你和伍迪。有了它，你就可以隨心所欲，只要照我們的小劇本演出、幫我脫困就好。這錢是你的。」

東尼從來不知道誰的口袋裡裝著五千元，更別說是高中生。他盯著信封看，不可置信地搖頭，然後說：「你一定是在開玩笑。」

「東尼，你真的認為我現在是在開玩笑嗎？我的未來岌岌可危，我需要協助。你需要錢，我需要你幫個忙。」

東尼又往後退了一步。「好，我知道了。讓我考慮一下，如果伍迪和我照你們說的做，分擔一些罪名，那表示我們要回到牢裡，是嗎？」

「無論如何，你都得坐牢，因為你喝了酒、違反假釋規定，至少我的律師是這麼說的。」

「也許吧，但那不是什麼嚴重的罪行，我的律師是這麼說的。」東尼確信賈斯的律師比羅德尼．沃爾要更有經驗，但他只有沃爾這麼一個律師。

賈斯露出笑容，假裝很放鬆，只是兩個老友在閒聊。「聽我說，東尼，我們別吵架好嗎？你是對的，我是錯的，不過有一個辦法對大家都好。或許你會在牢裡待上一週，或許伍迪也會，但這些都是小事啊。只要口袋裝滿錢，就能止痛了。」

「賄賂證人聽起來應該是很嚴重的大事。」

賈斯將信封放回口袋。「我對賄賂什麼的一概不知。好好想想吧，東尼，我們還有幾天的時間，但不多了。」

「我得去送披薩了。」

第23章

斯托騰郡的陪審團一個月開兩次會，審閱嚴重的刑事案件。總共有十八名陪審團員，他們都是本郡已註冊的選民，任期六個月。陪審團由傑克·荷根主導，他會對大家說明案件。就像多數的陪審團，他們幾乎都按照檢察官的意思行事，大部分的案件都是甕中之鱉，被告有罪，還有許多人出庭作證。

遺憾的是，每個會期排程都很緊湊，每份訴訟卷宗都很長——斯托騰郡的犯罪事件頻傳。荷根先生會說明每一宗案件，概述已掌握的事實，偶爾傳喚幾個證人，最後請陪審團投票，決定是否起訴被告。陪審團的起訴狀就是對被告罪行的正式指控。

毒品案件占據了全部卷宗的百分之八十，不消半小時，陪審團通常就會對這份工作感到厭倦。

陪審團在星期四下午三點開會，就在甘崔法官結束動議聽證會後的一小時。此時法庭已經清場，一名員警確保會議中沒有其他閒雜人等在場。

傑克·荷根原本計畫要說明賈斯·塔克的持械搶劫案，克萊·漢姆也等著幫檢方作證。

不過在最後一秒，克利弗．南斯說服了荷根將賈斯的案子延到下個月，南斯向檢察官保證，他正在進行一個三名被告都會滿意的協議。荷根其實不在意，比起一個十八歲青年拿著水槍到處耍笨的案件，他有更嚴重的案子要傷腦筋。

喬克的起訴案因而延後，等待下一步通知。

另外一宗案子並未延後，它被正式定名爲「東尼與伍迪．藍柏事件」，排定在星期三早上的第一件案子，於少年法庭進行審判。所有必要關係人都受到傳喚，只有西奧．布恩例外，這場審判裡沒有他的位置，他只能被驅逐到斯托騰堡中學服勞役。

前一天下午，西奧晃到艾克的辦公室開緊急會議。他事先打了電話，告訴他伯父事態緊急，說明整件事的進展。艾克專心聆聽著，對一個十八歲的被告竟然拿出現金賄賂潛在證人感到不可思議。

「他們不能拿那筆錢！」艾克說：「不管金額多麼驚人，那兩個男孩不能拿那筆錢。」

「他們還在考慮。」西奧說：「一開始他們拒絕了，但後來開始思考可以如何運用那筆錢，那些錢對他們家會有多大幫助，可以減輕媽媽肩頭上的負擔，諸如此類。」

「胡說八道，西奧。事情可能是這樣，假設賈斯要給那筆錢，而東尼偷偷收下了，萬一紙鈔上做了記號呢？萬一賈斯戴了無線電？萬一有攝影機拍下一切？嗯哼，那東尼就得妥協了。賈斯不可能跑到警局指著東尼說他的不是，因爲他自己也有罪，甚至罪名更嚴重，不過這樣東尼就要受制於他了。西奧，這可能是個陷阱，這是筆壞交易，因爲賈斯試圖對東尼行賄、讓他說謊，而且這還是筆爛透的交易，因爲有可能是賈斯的圈套。你去告訴伍迪，這種事想都不要想。」

「我也是這麼想，但我很擔心他們。伍迪眞的很沮喪。」

「告訴伍迪要相信他的良知，勇敢說不。那麼做不會有什麼好事發生的，他們的媽媽知道賄賂這檔事嗎？」

「不，我想她不知道。伍迪說除了他們，我是唯一知情的人。我應該告訴爸媽嗎？」

艾克喝了一小口啤酒，抓抓鼻頭。「不，你知道他們有多麼嚴謹，他們就像是法庭裡的官員，在倫理上有義務報告任何不當的行爲，尤其是牽涉到司法體系的犯罪行爲。如果知道有證人想收買另外一個證人，他們可能會嚇得半死，立刻衝去向法官報告。我們暫時先別告訴他們。」

「我同意，他們只會讓事情更複雜。那我要跟甘崔法官說嗎？我們的關係很不錯。」

「現階段我會說不，但你讓我再想想。」

他們默默思考了許久，唯一的聲音就是巴布．狄倫在吟唱著逝去的愛。最後西奧問：「賈斯從哪裡弄來五千美元的？」

「天知道？我懷疑那是不是他自己的錢，也懷疑克利弗・南斯是否知情。南斯是個有職業道德的律師，所以那筆錢可能是賈斯的家人提供的。他的父親花錢不手軟，會高額借款，遇到高風險也不怕。也許他認為，要是能讓寶貝兒子免去牢獄之災，五千美元也不算什麼。誰知道呢？最重要的是，讓你朋友遠離那個人和那筆錢。告訴他們就上法庭，據實以告，然後承擔後果。」

「我已經跟伍迪說過了，不只一次。」

「這狀況眞是令人困擾，西奧，而且很危險。」

「艾克，這種事情經常發生嗎？我是說，你知道我多麼熱愛審判和法庭、多麼尊重法律，我從沒想過證人會因爲受賄而說謊。」

「西奧，我不知道，我不是辯護律師，更何況我還被司法體系狠狠修理了一頓，你可能問錯人了。不過，我想不是這樣的，我不相信這種事經常發生，現在的狀況太失控了，一個十八歲青年竟然想用金錢行賄。」

「眞令人嘔心。」

西奧不知道，就在不遠處，伍迪正在盧威格少校的客廳裡進行類似的對話。毫無意外地，少校的反應與艾克差不多。聽到賄賂的事，他非常震驚，並且堅持伍迪和東尼絕對不能答應。

「東尼親眼看到那筆現金了嗎？」少校問。

「沒有，錢在白色信封袋裡面，賈斯從夾克裡掏出那個信封。」

「這樣我認為可能是騙人的。」

「或許吧。」伍迪困惑地說：「我不知道該做何感想，也不知道該怎麼做。東尼開口閉口就說，那筆錢對媽媽會有多大幫助。」

「伍迪，無論如何，就算不拿賈斯的錢，你和媽媽還有東尼都會好好活下去的。我們都知道他不是個非常聰明的孩子，現在進一步證明他的確不是，試圖對證人行賄是個愚蠢的主意，不會有好事發生。」

「我同意，我只是很擔心東尼。」

「審判開始前，我會找東尼談談，讓情況更明朗。伍迪，你們倆會守住眞相，對嗎？」

「是，少校。」

第24章

少年法庭外多派了一名法警，確保不會有好奇與不相關人士進入。潘德格斯法官希望在審判進行時保有絕對的隱私，這場審判的時間不會太長，而且他今天的卷宗上沒有別的案件。

藍柏兄弟坐在被告席上，兩人之間是他們的律師，關係依然很緊張。一直到昨天，羅德尼還試著說服他們要順著克利弗·南斯的故事走，承擔部分罪名。但伍迪和東尼對沃爾及其貧乏的決斷力感到很厭倦。律師並不知道賄賂的事，兄弟倆當然不會告訴別人。他們知道眞相，還知道律師所不知道的事，因此他們對沃爾毫無敬意。

黛西·藍柏坐在離他們不遠的前排，她這時候眞的很需要西奧，但可憐的西奧正在西班牙課堂上受罪，感到悲慘萬分。盧威格少校坐在藍柏太太旁邊，雙手在胸前交叉。不遠處，少年法庭的檢察官芭格戴爾女士正在整理文件，準備開庭。議程會由檢方先開始，不過她看起來有點太緊張了。

潘德格斯法官讀完一頁資料後，一邊從老花眼鏡後向外望，一邊說：「這件案子涉及對東尼和伍迪·藍柏的嚴重指控，本庭已確知大部分事實，不需要開庭陳述。芭格戴爾女士，請傳喚你的第一位證人。」

「克萊．漢姆先生。」芭格戴爾女士坐著說。在少年法庭裡，對法官或證人說話時不需要起立。

克萊．漢姆匆匆忙忙走進來，發誓所言屬實。潘德格斯法官已經看過他在賈斯的初步聽證會中的證詞，所以很清楚他現在重複的每個細節。交叉詰問時，羅德尼特別強調，無論是克萊或店家的監視器，都沒有看到或捕捉到藍柏兄弟的身影。

克萊離開證人席後，芭格戴爾女士表示要傳喚另一名證人會播放監視器的畫面，但潘德格斯法官拒絕了。所有人都嚇一跳，因爲法官說：「影片我全都看過了，內容與這兩位青少年一點關係也沒有。」審判才進行半小時，顯然庭上已經仔細研究過這個案子，而且知道得非常透徹。這很不尋常。

下一位證人是一位警官，他描述了逮捕三名嫌犯的狀況，當時他們剛離開柯氏雜貨店。他發現藍柏兄弟身上既沒有武器也沒有現金，而賈斯的一個口袋裡有錢，另一個口袋裡有槍。那把槍被提出當成證物，輪流交給證人和法官，再收回去。潘德格斯法官不停地做筆記，但這一切彷彿他都聽別人說過。

再下一位證人是一名警察，原本是要爲酒測結果作證，但是羅德尼．沃爾打斷他發言，表示他的當事人已經認罪，他們承認喝了啤酒。

潘德格斯法官說：「我有份報告，伍迪．藍柏的酒測值是零點零六，東尼也是。這些數字正確嗎？」

「是的。」沃爾說，於是證人就下台了。整場審判以令人暈眩的高速進行。

下一位證人是個重要證人，芭格戴爾女士傳喚賈斯．塔克上台。法警從走廊帶他過來，賈斯走進法庭時，克利弗．南斯陪在他身旁。

為了這個重要場合，賈斯穿著深色西裝、打了領帶，頭髮也理得更短了。他試圖裝酷，假裝這一切都是例行公事，但其實他很緊張。發誓所言屬實後，他坐上證人席，迴避與東尼或伍迪的眼神接觸，只看著坐在後排不遠處的克利弗．南斯。

初步詢問後，芭格戴爾女士問：「案發那一晚，你在哪裡遇見東尼和伍迪？」

「我在庫伯超市那邊的殼牌汽油站加油。」

「他們為什麼上了你的車？」

「我不知道，東尼和我聊了起來，決定要開車夜遊，我車上有些啤酒，他弟弟就決定要跟著去。」

「你們三個一邊開車、一邊喝酒？」

「是的。」

「你喝了多少酒？」

潘德格斯法官忽然打岔：「他的酒測值是零點一二，超過酒醉標準，我這邊有資料。芭格戴爾女士，請加快速度。」

「呃，好的，庭上。」她有點尷尬地說，然後伸手拿另一張紙。「好的，你爲什麼決定在柯氏雜貨店停車？」

賈斯深吸了一口氣，雙眼直盯著克利弗．南斯，然後以彷彿演練無數次的口吻說：「根據第五修正案❸所賦予我的權利，我拒絕回答。」

芭格戴爾女士望向潘德格斯法官，而法官看著證人問：「所以你拒絕提出不利於自己的證詞？」

「是，庭上。」

「很好。請記錄這名證人的律師，克利弗．南斯先生，他也在法庭內。請繼續，芭格戴爾女士。」

她提問：「你們原本在喝啤酒，你當時想要更多啤酒嗎？你去柯氏雜貨店是因爲你想要更多啤酒嗎？」

❸第五修正案隸屬於美國權利法案，內容提到：任何人不得在任何刑事案中被迫自證罪行。因此根據這個法案，每個人得以在法庭或警局審訊時行使緘默權。

「我援引第五修正案。」

「你在柯氏雜貨店加油了嗎？」

「沒有。」

「去柯氏雜貨店是誰的主意？」

「我援引第五修正案。」

「你開車到柯氏雜貨店時，身上是否攜帶任何形式的手槍？」

「我援引第五修正案。」

「你是否帶槍走到店裡？」

「我援引第五修正案。」

芭格戴爾女士拿起檢方席上的水槍，展示給證人看。「這是不是你買的？」

「我援引第五修正案。」

她雙手一攤，望向法官席。潘德格斯法官顯然被激怒了，斜倚向證人。「孩子，我可以假設你不打算回答關於那天晚上的任何問題嗎，沒錯吧？」

賈斯露出一個肉麻的笑容說：「是的，庭上。我的律師建議我不要回答任何問題。」

潘德格斯法官望向克利弗．南斯，他正在點頭表示贊同。

「很好，證人可以離席了。」

賈斯昂首闊步地走到法庭後方，與他的律師一起坐在後排座位。克利弗·南斯想聽見藍柏兄弟所說的每一句話。

東尼先上場，他再次陳述在那個命中注定的夜晚之後就不斷訴說的故事，羅德尼·沃爾成功地一步步引導他，不遺漏任何細節。潘德格斯法官問了很多問題，維持他一向的作風，然後再次讓所有人知道，他掌握了所有事實，他的準備工夫十分驚人。

交叉詰問時，芭格戴爾女士犯了不該犯的錯。每一位老練的律師都知道，絕對不要問答案未明的問題。而她，顯然不知道這個原則。

她問東尼：「你之前坐過賈斯的車嗎？」

「沒有。」

「你去過柯氏雜貨店嗎？」

「沒有。」

「你之前看過這把槍嗎？」

「沒有。」

才幾秒鐘的時間，她就將東尼可能涉及這樁搶案的嫌疑排除了。

她匆匆地結束交叉詰問。

換伍迪上場。他很緊張，尤其是看到賈斯和克利弗·南斯正盯著他看，但他下定決心，要做一個好證人。他看著盧威格少校，對他堅定地點點頭，於是他開始陳述事實。他的故事與東尼說的一樣，也和之前所說的相同，一點都沒變。他說得愈多就愈有自信，而說到一半時，他甚至希望西奧在場聽他作證。

與東尼一樣，他讓賈斯承擔所有罪名，並試著遠遠瞪回去。這眞是個美妙的時刻。賈斯那個自以爲是的小子開著改裝車載漂亮女孩兜風，還有個富裕的家庭當後盾，然而他不受控制的那一面漸漸將他壓垮，儘管有砸錢雇來的頂級律師也保不了他。現在他坐在那裡，一點都不酷。他看起來很擔憂，因爲知道眞相對他不利，卻改變不了事實，也不能把一些責任推卸給別人。

「芭格戴爾女士，要交叉詰問嗎？」潘德格斯法官問。

「我想不用了。」她沒有要攻擊的點，也不想問一些不成熟的問題。

「沃爾先生，還有其他證人嗎？」

「是，庭上，我原本想傳喚黛西．藍柏，他們的母親，但今天庭上似乎已經聽得夠多了。」

「的確如此。不過我不會阻止你傳證人上台。」

「我想今天就到此結束。」沃爾先生明智地表示。

潘德格斯法官豪不遲疑地宣布判決：「本庭認爲，東尼和伍迪．藍柏都是值得信任的證人，雖然我常常對那些由手足或好友提出的相同證詞存疑，但我相信他們。他們的陳述很有說服力、合理且可信，本庭沒有理由懷疑。他們被指控爲共犯，意謂著他們在案發之前理應知道這項罪行，亦即持械搶劫，但一切證據顯示並非如此。唯一能指出藍柏兄弟涉案的證人顯然是賈斯．塔克，但他選擇不那麼做。基於只有他本人與其資深律師才知道的原因，他援引第五修正案。這是他的權利，但這麼一來，起訴他們的理由就不存在了。

「因此，我判定東尼和伍迪．藍柏無罪，他們並非持械搶劫的共犯。就伍迪而言，本庭擇日再審未成年飲酒的犯行。東尼也一樣，不過他還有違反假釋的棘手問題，可以預料他將在拘留所多待幾晚，但我們改日再審。現在兩名未成年人都是自由身，東尼的保釋取消，關於兩人的人身自由限制也在此宣布中止。伍迪，你可以自由地離開斯托騰郡，到任何你想去的地方露營了。」

第25章

他們離開法院，在斯托騰將軍的雕像附近喘口氣。羅德尼．沃爾笑得嘴合不攏，像是贏得了不起的勝利，期待每個人都對他拍背讚許。但沒有人這麼做。伍迪和東尼厭惡這個傢伙，黛西不信任他，少校瞧不起他。

「恭喜恭喜！」羅德尼說，然後等著別人也恭喜他。

「我們什麼時候要再出庭？」黛西問：「處理未成年喝酒那件事。」

「我會詢問法官，再讓你們知道，不過那不是什麼需要擔心的事。」

他們點頭，不發一語，而羅德尼終於明白暗示了。「我該走了，有些新客戶還在牢裡。」他們看著他離去，沒人說再見。東尼還沒來得及說他的壞話，少校就說：「我想你們兩個應該趕去學校了吧。」

伍迪和東尼點點頭，這陣子他們超級害怕上課缺席。

少校說：「我快餓死了，老爹快餐店現在應該有位子，我請客。」

老爹快餐店是鎮上的傳奇小餐館，以燻牛肉潛艇堡和洋蔥圈聞名，兩個男孩立刻抓緊機會。他們四個人在主要大街上輕快地走著，聊著剛剛的審判。他們是無辜的！不用再擔心被送到少年拘留中心，不用再恐懼未來。他們堅守眞相、忠實地作證，而且潘德格斯法官相信他們。

黛西的話不多，不過身爲母親，她高興得幾乎泫然而泣，她的孩子不會再被當成罪犯看待。兄弟倆似乎都下定決心，不再惹麻煩。或許她終於能安心睡覺了，或許她的人生終於出現轉機。

又是一節蒙特老師無聊的自習課，西奧覺得眞是活受罪。他進行寫功課的動作，心思卻在別處。他堅信自己這天早上有權在少年法庭旁聽審判，必要時提供協助。畢竟他對這個案子聊若指掌。他主導讓伍迪和東尼獲得自由的活動，這段時間他一直提供伍迪建議，還指導伍迪要怎麼上台作證。他提供了最關鍵的建議，尤其是關於賄賂一事，而且他對案情的了解程度遠遠勝過他們的律師。

然而，這些都不重要，現在他只能盯著西班牙文動詞，想像著潘德格斯法官的議程。他的胃糾結成一團，這樣實在很難專心耶。萬一伍迪和東尼被判有罪，那該怎麼辦？萬一潘德格斯法官不相信他們，反而覺得賈斯的證詞更值得信任呢？萬一伍迪被判刑，要被關進某間可怕的少年監獄？

他的手機震動了。如果是一般日子，所有的手機都會在上課前被集中在一個紙箱，放在蒙特老師桌上。不過因爲今天是審判日，老師特准西奧把手機帶在身邊，以免錯過法庭傳來的消息。

消息來了！伍迪傳來簡訊：審判結束，藍柏兄弟無罪，我們無罪！終於獲得自由了！

「太棒了！」西奧脫口而出，倏地跳起來。

「結果怎麼樣，西奧？」蒙特老師問，全班也開始騷動。

他們轉進一條與主要大街交叉的小巷道，在下午兩點之前抵達老爹快餐店。角落有一張空桌，他們點餐之後，開始啜飲可樂和冰茶，一邊等餐點一邊聊天。

「我違反假釋那件事會有多嚴重？」東尼問少校。

「嚴重？法官只說要多關幾天，不過說不定我們還有轉圜的餘地。」

「我不懂。」黛西說。

「這個嘛，坐牢表示缺課，目前東尼出席狀況良好，成績也在進步，我們應該延後聽證會，讓你們兩個有機會在學校全勤，在成績上突飛猛進。你們兩個，要讓成績進步，再請老師寫幾封信，這樣我就能去找法官說情。」

「你做過這種事嗎？」黛西問。

「是的，身爲少年法庭的志工，這是我的工作。潘德格斯法官是個老派的人，很重視教育，只要讓他看到你對學業是認眞的，他就會放鬆一些管制。他還想要你們明年隨機做些藥物測試呢。」

「我們兩個都要嗎？」伍迪問。

「當然，有何不可，你又不會去沾染什麼東西，不是嗎？」

「是沒錯啦，我只是不想被那些測試弄得很尷尬。」

「你不會尷尬的，那是例行公事，而且你別無選擇。」

「他們可以做得到。」黛西堅定地說。

他們的午餐上桌了，小小的桌面迅速被一盤盤厚實的潛艇堡占滿，還有堆得像小山一樣的洋蔥圈，這裡的食物足夠十個人吃。黛西擔心太多而吃不下，而少校是退休軍人，鐵一般的自律不允許自己增胖一公斤。不過伍迪和東尼這兩個青少年則盡情地攻擊那些食物，像是餓了很久的難民。

他們狼吞虎嚥地吃了一會兒之後，黛西問少校：「賈斯又會怎麼樣呢？」

「喔，我不清楚，那是在另外一個法庭的另一個案件。」

「到時候伍迪和東尼會被迫去作證嗎？」她問。

少校拿餐巾紙抹抹嘴，聳聳肩說：「我想有可能，如果他的案子最後到了陪審團手上。」

「你覺得會嗎？」東尼問。

「我沒有內線消息，但我懷疑賈斯最後是否會見到陪審團。他鐵證如山，不是說幾個謊就能開脫的，一共有三個證人，你們兩個，再加上店裡的那位先生，還有監視器拍下的畫面。我猜想克利弗．南斯會想個法子避開陪審團，以免除牢獄之災。」

「他怎麼逃得了？」黛西問。

少校再次聳聳肩。「他們家很有錢，還找了最厲害的律師，而且他是初犯，又沒人受傷。黛西，我很不想這麼說，但不同的人面對的是不同的規定，這不公平，而我們的司法體系就是這麼運作的。」

伍迪和東尼心想，而且他還有滿口袋的現金可以行賄呢。

「我們以後再想賈斯的事吧。」少校說：「今天對藍柏家來說是重要的一天，讓我們好好品嚐勝利的果實！」

「好主意！」東尼說。

西奧召開了緊急會議，下午四點在高孚優格冰淇淋店。他提早抵達，去和老闆打商量，預約了靠裡面的兩張長桌。那兩張桌子一下子就滿座，蒙特老師導師班上的所有同學幾乎都來了。蒙特老師在四點整抵達，點了一杯雙倍焦糖軟糖冰。

伍迪慢慢走進來的時候發出一聲低吼，他的朋友們熱烈歡迎他來，請他坐上榮譽席。經過一輪擊掌、拳碰拳、甚至幾個擁抱之後，伍迪開始大吃他的椰子奶油冰。就在這時候，西奧請大家安靜下來。

他動作誇張地舉起雙手說：「我的美國同胞們，正義再次獲得伸張。無辜的人獲得自由，在正義之輪下，出現正確的判決。」

「吧啦吧啦吧啦。」雀斯幫忙加了台詞，引起一陣笑聲。

西奧假裝忽視他。「伍迪，恭喜你，現在我們所有人都急著想知道法庭上發生了什麼事，請從頭講起。」

伍迪吃了一大口優格冰，品嚐成爲焦點的滋味，然後說：「這個嘛，其實我從來不擔心這場審判。」

國家圖書館出版品預行編目（CIP）資料

西奧律師事務所：暗夜的共犯 / 約翰．葛里遜（John Grisham）著；玉小可譯. -- 初版. --臺北市：遠流，2019.12
面；　公分.（西奧律師事務所；7）

譯自：Theodore Boone : the accomplice
ISBN 978-957-32-8683-7（平裝）

874.59　　108018893

西奧律師事務所 7

暗夜的共犯

文 / 約翰．葛里遜　譯 / 玉小可

副主編 / 陳懿文
美術設計 / 唐壽南　行銷企劃 / 鍾曼靈
出版一部總編輯暨總監 / 王明雪

發行人 / 王榮文
出版發行 / 遠流出版事業股份有限公司　104005 台北市中山北路一段 11 號 13 樓
電話：(02)2571-0297　傳眞：(02)2571-0197　郵撥：0189456-1
著作權顧問 / 蕭雄淋律師
輸出印刷 / 中原造像股份有限公司
□ 2019 年 12 月 1 日 初版一刷　　□ 2021 年 9 月 20 日 初版二刷

定價 / 新台幣 250 元（缺頁或破損的書，請寄回更換）

ISBN 978-957-32-8683-7
遠流博識網 http://www.ylib.com　E-mail: ylib@ylib.com